「今の私は幸福で満たされています。
全てノエイン様に与えていただいた幸福です。」
ノエインの従者
マチルダ
5
エノキスルメ
Illust.高嶋しょあ
ひねくれ領主の幸福譚
性格が悪くても辺境開拓できますぅぅ！

「……ノエイン様、右です」
アールクヴィスト準男爵領 領主
ノエイン
ノエインの耳だけに届くよう、
マチルダが小さく呟く。
その言葉を受けて、
右に視線を向けたノエインは——
ニヤリと、悪魔のような笑みを浮かべた。
そして、すぐにもとの表情に戻った。
誰かが見ていたとしても、
気のせいかと思ってすぐに忘れるほどに
一瞬のことだった。

穏やかな微笑を顔に張りつけ、
ノエインが視線を向ける先に立っているのは、
マクシミリアン・キヴィレフト伯爵だった。
彼も、ノエインを見ていた。
キヴィレフト伯爵領 領主
マクシミリアン

「クラーラ、楽しい？」
「ええ、とても楽しいです。
私が今まさに、自分の手でひとつの
貴族領の歴史を記しているんですもの。
歴史を愛する者として、
これ以上に心躍ることはありませんわ」
アールクヴィスト準男爵領
領主夫人
クラーラ

ひねくれ領主の幸福譚

性格が悪くても辺境開拓できますうぅ！

5

エノキスルメ

Illust. 高嶋しょあ

HINEKURE RYOSHU
NO KOFUKU-TAN

CONTENTS

MAP

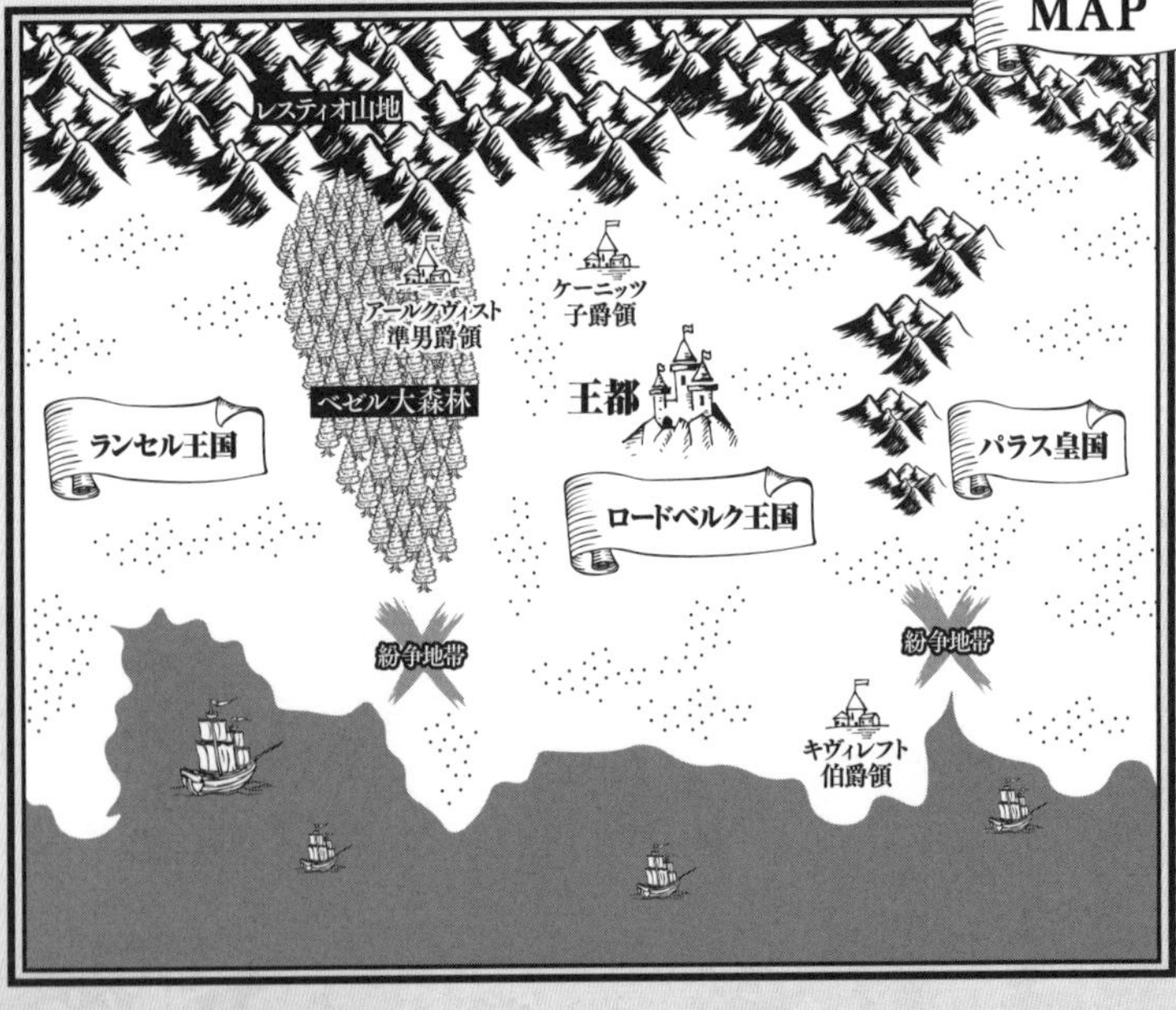

一章　日々は穏やかに過ぎて

HINEKURE RYOSHU NO KOFUKU-TAN

王暦二一四年の初夏。アールクヴィスト士爵領は発展期を謳歌《おうか》していた。

九月に王都で開かれる褒賞授与の式典と戦勝の宴《うたげ》までには、まだしばらくの時間がある。ノエインは自領で夏を過ごしながら、平和な日々を送っていた。

「ノエイン様、失礼します」

ある日の午後。いつものように執務室で仕事をしていたノエインのもとに、文官のアンナがやって来た。

「戦争の影響による食料価格の変化も踏まえて、増加した人口を支えるために必要な出費の概算をまとめました……負担は少なくないものになりそうですが、想定の範囲内に収まっています」

そう言いながら、彼女はノエインの執務机に書類を置く。

「ご苦労さま。見せてもらうね」

アンナに労《ねぎら》いの言葉をかけ、ノエインは書類を手に取る。いつものようにノエインの補佐を務めているマチルダも、ノエインの後ろに立ち、書類に視線を向ける。

ケノーゼたち元徴募兵の獣人とその家族、およそ二百人を受け入れたアールクヴィスト領は、人口が急増することとなった。その結果、アールクヴィスト士爵家は彼らの消費する食料を確保しなければならなくなった。

麦に関しては、税として徴収した分をそのまま領内に放出したり、領外から買い込んだりすることで対応する。

ジャガイモに関しては、年に二回収穫できる作物なので、本来は領外に輸出する予定だった分を領内での消費や次の作付けに回し、ケノーゼたち新領民も動員してさらなる大量栽培に努める。

そうした施策を為《な》すことで領民たちを飢えさせずに済む見込みではあるが、施策の実行には当然ながらそれなりの費用がかかる。ノエインはアンナに、この試算を頼んでいた。

「……思っていたより安いくらいだね。これなら問題ない」

「やっぱり、ジャガイモの存在が大きいです。ジャガイモのおかげで、領外から買う麦の量が想定よりも少なく済みそうだと分かりました。エドガーさんにも計算してもらったので、間違いないものかと」

財務を得意とするアンナと、農業を統括するエドガーが揃《そろ》って計算を重ねたのであれば、疑う余地はない。ノエインもそう考える。

「これだけの出費が増えても、士爵家の資金にはまだ余裕が残るかな？」

「はい。鉱山開発事業が順調に発展してますので……ラピスラズリの販売も順調ですし、鉄の相場も上がっています。食料面の出費に、戦争の出費を合わせても、これらの利益で十分に埋め合わせできると思います」

軍役は貴族の義務なので、兵士や装備を整えたり、戦場まで移動したりして発生した費用は貴族の自腹となる。

そこに獣人たちを移住させた費用が合わさっても財政が耐えられるのは、アールクヴィスト家の有するラピスラズリと鉄の鉱脈のおかげだった。

「それでは、この額の負担が出る前提で予算の管理をしていきますね」

「うん、よろしくね……ところで、見習い文官たちの仕事ぶりはどうかな？」

ノエインが尋ねたのは、この夏から屋敷で働き始めた数人の文官のこと。

クラーラの運営する学校で学ぶ子供たちの中には、元よりある程度の読み書き計算の能力を持つ者も少数ながらいた。

一年ほどで一通りの学習を終えてしまった彼らを、ノエインは屋敷の見習い文官として雇い入れた。領の発展に伴って、多忙を極めていたアンナとクリスティを補佐させるために。

「どの子も真面目で、仕事熱心ですよ。読み書きと計算の知識についても一定の水準に達しています。クラーラ様は勉学を教える才能もおありなんですね」

「それはよかった。彼らが頑張ってくれたら、それもまた学校への投資にも意味があることの証明になるね。クラーラもきっと喜ぶと思う」

教養は偉大だと、書物の知識をもとに生き抜いてきたノエインは考えている。学校で学んだ者がこれから増えていけば、アールクヴィスト領の社会はより合理的に、より活発に発展していくだろうと。

「この調子なら、私が出産でお休みをいただいても、問題なく仕事が回りそうです」

「何よりだよ。領主としても、従士としての貢献著しいアンナとエドガーには幸せな家庭を持ってほしいからね」

まだほとんど変化の見えないお腹《なか》をさするアンナに、ノエインも微笑《ほほえ》んで答えた。少し前に、彼女から懐妊の報告を受けていた。

これまではアンナがいなければ内務の仕事が回らなかったので、彼女には子作りのタイミングにまで気を遣わせてしまっていた。彼女が出産に入る前後の数週間、クリスティと共に内務を支えてくれる人材が確保されたことで、アンナとエドガーにはようやく自分たちの家庭のことまで考えてもらえるようになった。

「ありがとうございます。子供が生まれたら、二世従士としてしっかり教育していきますね」

「あはは。領主としては嬉《うれ》しいけど、それは少し気が早いんじゃないかな?」

意気込むアンナに苦笑しながら、ノエインは自分と妻クラーラの子供についても考える。

出征前はノエインが死ぬかもしれないからと懸命に励んでみたものの、クラーラの月のもののタイミングもあって妊娠には至らなかった。

ノエインが生きて帰った今となっては再び焦る必要もなくなり、クラーラも学校運営や少しずつ手をつけ始めた歴史探究に忙しいようなので、無理に急ごうとは思っていない。

仕事や開拓が落ち着くであろう、二十歳頃がちょうどいい時期になるか。今のところ、ノエインはそのように考えている。

・・・・・

領都ノエイナの南西、市街地の外れにある領主家直営の鍛冶工房。

当初は筆頭鍛冶師ダミアンと数人の手伝い係から始まったここも、大規模な増築を行い、今では複数人の鍛冶師と労働者、奴隷が働く大工房となっている。

ある日。この鍛冶工房の中で、ノエインはダミアンから熱弁を振るわれていた。

「――なので、これがあればゴーレムの突破力をさらに高めつつ、火矢や火魔法への対策もできると思うんですよ！」

いつもの如《ごと》く大きな声で賑《にぎ》やかに、ダミアンが説明するのは、新装備の試作品。

「なるほど。単純だけど、だからこそ効果が見込めそうな装備だね」

「そうでしょう！　いいでしょう！」

彼の語る設計思想をノエインが認めると、ダミアンは嬉しそうに答える。

ノエインはゴーレムを起動して立ち上がらせ、試作品を手に持たせ、構えさせた。

大きな三角形の鉄板を二枚繋《つな》ぎ合わせ、内側に持ち手を取りつけたこの装備。三角錐《さんかくすい》の底面と、側面のひとつを取り払ったような構造をしている。

使い方は極めて単純。ゴーレムが内側の持ち手を握ってこれを持ち上げ、正面と側面を二枚の鉄板で守りつつ、尖《とが》った繋ぎ目を真正面に据えて突進する……というだけ。つまりこれは、ゴーレム自体が巨大な鉄の鏃《やじり》となって敵に突っ込むための装備だった。

「……うん。良いね。ゴーレムを火矢や火魔法から守るのはもちろん、これを持たせて突撃させれば、木柵や、場合によっては薄い石壁くらいは突き崩せそうだ。簡易的な攻城兵器にもなる」

試作品を構えたゴーレムを軽く動かしながら、ノエインは呟《つぶや》く。

「ただ、強度が気になるかな。このままだと薄すぎるし、重量も頼りない。怪力のゴーレムに使わせるなら、もっと重い方が頼りになると思う」

おそらく、この鉄板の薄さでは突撃の際に破損したり、強力な土魔法などを食らったら穴が開いたりする可能性がある。いずれバリスタが普及すれば、その直撃でも容易に貫通するだろう。

そう思いながらノエインが指摘すると、ダミアンはうんうんと頷《うなず》いた。

「そう！　そこなんですよ！　俺一人で作ってても、どれくらいの重量までならゴーレムの動きに支障が出ないか分からなくて、ひとまず勘で作った試作品がこれで……ノエイン様のご意見をもとに、これから鉄板を厚くしていきます！」

「そうか。それじゃあ……次は思いきって、この二倍くらいの厚さにしてもらおうかな。それくらい厚くしても、ゴーレムなら持ち上げて動くことができると思う」

「分かりました。それでやってみますね！」

「あと、この鉄板の表面に、槍《やり》の穂先みたいなものを取り付けたらさらに攻撃力が上がるかもね。アドレオン大陸の西部、ランセル王国よりももっと西の砂漠地帯に、棘《とげ》だらけの鱗《うろこ》で突進する魔物がいると書物で読んだことがあるんだけど……それを真似《まね》すると面白いかもしれない」

「おおーっ、それすっごく面白そうですね！　取り付ける角度とか数はどうしましょうか？」

試作品の改良点について、ノエインはしばしダミアンと語り合う。

「いやあ、やっぱり武器の開発について語り合える人がいるといいですねー！　ノエイン様が戦争に行ってるとき、クリスティにこの装備を見せてもまともに話を聞いてもらえなくて！」

「あはは。まあ、クリスティには武器のことは分からないし、あんまり興味もないだろうからね……ああ、そうそう。その戦争と武器開発に関する話なんだけど」

そう切り出し、ノエインは先の戦争の中で気づいたことをダミアンに伝える。

「遠距離での矢の撃ち合いから、接近しての白兵戦に移るときに、武器の持ち替えでどうしてももたつくことが多かったんだよね。徴募兵ばかりで練度が低かったせいでもあるけど、この点はクロスボウ兵の大きな弱点だと思う……だから、クロスボウの先端の下側に短剣みたいなものを取り付けられないかと思ったんだ。そしたら、クロスボウを持ったままでも近接戦に入れるから」

クロスボウは連射性が低いのが難点。装填や、近接戦用の武器への持ち替えに手間取り、そのまま敵に近づかれたら一方的に押されかねない。

クロスボウ自体に刃がついていて、そのまま敵を切りつけることができれば便利だ。ノエインはそう考え、ユーリたち武門の従士からも同意を得ていた。

「そ……」

「そ？」

「それだあああっ！」

ダミアンが叫び、ノエインは肩を竦《すく》める。ノエインの傍《そば》に立つマチルダが、少し不快そうに眉を顰《ひそ》める。

上司の急な大声に、しかし工房の中にいる他の職人や労働者、奴隷たちは大した反応を示さなかった。ダミアンが突飛な行動をとるのは今に始まったことではないので、普段から彼と共に働く者たちは慣れきっているらしかった。

「ノエイン様！　それ、めちゃめちゃいい発想ですね！　クロスボウの難点は俺も気になってましたけど、ノエイン様の仰《おつしや》る通りに改良すれば兵器としてより完成形に近づきますよ！　いやあーやっぱり実戦を経験した人の意見は参考になるなぁ！」

楽しそうにまくしたてながら、ダミアンは工房で作り終えたばかりのクロスボウをひとつ持ち出すと、こちらも工房の製品として置いてあった適当な大きさのナイフをとって自身の作業場に歩き出す。

言葉を聞くに、一応まだノエインに向けて喋《しやべ》っているようだったが、もはやノエインの方は見ていなかった。

そんなダミアンの態度をノエインは気にすることも咎《とが》めることもなく、むしろ微笑を浮かべる。仕事に夢中になるとすぐに礼儀を忘れるが、職人としての腕は抜群。これだからこそ、彼を迎え入れて庇護《ひご》下に置いた甲斐《かい》があると考える。

「改良型のクロスボウが完成するのを楽しみに待ってるよ。無理をしすぎないように頑張ってね」

「まっかせてください！　数日もあれば試作品を作ってみせますよ！」

振り向くことなく元気に答えたダミアンに苦笑して、ノエインは工房をあとにした。


「屋敷に戻る前に、少し農地に寄っていこうか」

「はい、ノエイン様」

領都ノエイナの市街地まで戻ってきたノエインは、マチルダとそう言葉を交わし、今度は市街地の東の農地に足を運ぶ。

今は収穫期の真っ盛り。広大な農地の一角、領主家所有の農地では、ザドレクたち農奴が麦やジャガイモの収穫に励んでいた。

農地の所有者であり、自分たちの主人であるノエインの登場を見た農奴たちは、作業の手を止めて一礼する。そして、農奴の頭であるザドレクが進み出る。

「皆《みんな》お疲れさま。気にせずそのまま仕事を続けて……ザドレク、邪魔してすまないね」

「とんでもございません。ノエイン様、本日は農地の視察でしょうか?」

「まあ、そんなところだよ」

ノエインが答えると、ザドレクは誇らしげに農地を手で示す。

「今年も麦とジャガイモはよく育ち、収穫作業も順調です。この調子だと、予定よりやや早く完了するものと思われます。あちらの方、大豆や甜菜《てんさい》も日に日に育っています……やはり、アールクヴィスト領は素晴らしい土地です」

もとは肥沃な森だったアールクヴィスト領。今のところ、毎年豊作と言っていい収穫量を記録している。

「君たちの働きもあるからこそだよ。農作業だけじゃない。君たちはオークからこの地を守るために、危険を顧みず戦ってくれた。とても立派で勇敢な行いだ。僕も主人として、もっと君たちの活躍に報いないとね」

複数匹のオークが出没した際、その討伐部隊にザドレクたちが自ら志願して戦ったという話はノエインも報告を受けていた。

「畏れ多いお言葉、光栄の極みに思います」

主人からの称賛に、ザドレクは慇懃《いんぎん》に一礼してみせた。

「ところで、伴侶との新しい生活はどうかな?」

「……幸福です。とても」

少しばかり照れた様子で、ザドレクは答える。

「夫婦仲も良く、妻も農奴としてよく働いてくれています」

言いながらザドレクが指差した先では、虎人の女性が農作業をしていた。その女性が、ザドレクの結婚したばかりの妻だった。

ノエインがアールクヴィスト領に受け入れた獣人たちの中には、奴隷身分の者も少数いた。元々はジノッゼに、彼の戦死後はケノーゼに所有権のあった獣人奴隷たちだったが、アールクヴィスト領への移住後は、故郷の土地を失って奴隷たちを養いきれなくなったケノーゼから、ノエインが全員を買い取った。

その奴隷たちの中に、若い虎人の女性がいた。その女性がザドレクと気も合ったようなので、ノエインは彼らに結婚を勧め、つい先日にそれが実現した。

「それは何よりだよ。君を買ったときの約束を果たせて、僕も主人として嬉しい」

「あらためて感謝申し上げます。私はこの身分と種族で、これ以上ない幸福をいただいています」

ノエインは奴隷たちに、せめて身分以外に関しては人並みの幸福を与えると約束していた。衣食住を整えるだけでなく、いずれは結婚もできるようにしてやると。

農奴のまとめ役であるザドレクは、こうして結婚という幸福をいち早く手にした。

「それじゃあザドレク。引き続き頑張って。これからも頼りにしているね」

「お任せください。農地の管理は私がしっかりと務めさせていただきます」

ノエインが自分の農地をほとんど放置していても農業が回っているのは、勤勉な農奴たちと、彼らをまとめるザドレクがいてこそ。

ノエインは彼にそう言葉をかけ、その他の農奴たちにも労いの言葉を伝えて回ると、屋敷へと戻った。

・・・・・

季節がすっかり夏に移ったある日。ノエインは執務室で、従士ラドレーから報告を受けていた。

「……そっか。ラドレーから見ても、特に目につくような異常はなしか」

「へい。あくまで俺個人の意見ですが、オークの件に関しては運の悪い偶然としか言いようがねえです。そんなに森の深いところまで調べられたわけじゃねえですが」

報告の内容は、ベゼル大森林の調査結果だった。

今年の春、ノエインがランセル王国との戦争へと出征している間に起こったオークの襲来。アールクヴィスト領は開拓二年目の初頭にもオークの襲来を経験しており、ベゼル大森林の浅い場所にオークが現れる頻度としては、これは異例のことであった。

そのため、森の奥で何か異変が起きているのではないかと考え、ノエインはラドレーに兵を率いての調査を頼んでいた。

あまり奥深くに入っては、危険な魔物に遭遇する可能性が高まるため、いかにラドレーといえど危険。無理のない範囲で調査したひとまずの結果が「異状なし」というものだった。

「それじゃあ、今後できる対策は……」

「……森の見回りの範囲を広げて、頻度も増やして、これまでよりも念入りに巡回するのが一番でしょうね。そうすれば、またオークが近づいてきたとしても、かなり早い段階で気づけます。人里や道の傍まで近寄らせることはねえです」

ラドレーの言葉に、ノエインも頷く。

「そうだね。今回オークの襲来に直前まで気づかなかったのは、領軍が人手不足で森の見回りまで手が回らなかったからだ。今は人手――特に、森の見回りを得意とする獣人が大幅に増えた。この上でラドレー主導で見回りを強化するなら大丈夫か」

先の大戦では、戦闘による怪我《けが》の後遺症で領軍を名誉除隊となる者が一人出た。一方で、ノエインたちの帰還後には新たに入隊を希望する者も現れ、元徴募兵の獣人たちも一部がそのまま軍人となることを決意し、領軍の規模は四十人ほどに拡大している。

「任せてくだせえ。俺が見回りを率いれば、今回みたいな事態にはならねえです」

「さすがだね。頼もしいよ……見回りの規模拡大について、具体的なことは隊長のユーリと話し合って調整してほしい。僕の方で配慮や支援が必要なことがあれば言ってね」

「了解です。それじゃあ、軍務に戻ります」

ノエインの指示に頷くと、ラドレーは敬礼して退室していった。

それを見送り、ノエインは椅子の背にもたれながら傍らのマチルダの方を向く。

「オークの件、偶々《たまたま》だと思う？」

「……まだ二度目なので、不運な偶然ということもあり得るかと思います。ですが、もし理由があるとしたら……例えば何らかの原因でオークの個体数が増えて、あぶれた個体がこちらへ流れてきている、などでしょうか」

「そうだね。あとは、オークでも逃げ出すような、何か強力な魔物が暴れていて、それが彼らをこっちに追いやってるとか。思いつくのはそんなところかな」

マチルダとそんな会話を交わしながら、ノエインは軽くため息をついた。

いくら可能性を語っても、ベゼル大森林の奥深くまで答えを確かめに行く術《すべ》はない。損害を顧みず、大軍や優秀な魔法使いを山のように投入すれば可能かもしれないが、アールクヴィスト領にそんな人的・予算的余裕があるはずもない。

オークの件をこれ以上考えても、想像の域を出ない。そう考えたノエインは、この件を頭の片隅にしまいこむと、再び机に向かって仕事を再開した。

・・・・・

別の日。ノエインはクリスティから、砂糖生産について報告を受けていた。

「――以上のように工程を改良し、最終的に出来上がったのがこちらです。私が昔食べていた砂糖に限りなく近い白色に仕上がり、雑味もほとんど取り除くことに成功しました」

差し出された砂糖の欠片《かけら》を、ノエインはひとつつまんで口に入れる。

「……ちゃんと砂糖になってるね。これなら申し分ない。マチルダも食べてみて？」

「失礼します……確かに、これは砂糖です」

一応は貴族家に生まれた身として、子供の頃から砂糖を口にしてきたノエインも、そのノエインから与えられて奴隷の身ながら砂糖の味を知ってきたマチルダも、今食べた欠片が間違いなく砂糖であると確認する。

「ひとまず、これで砂糖の改良は完了にしよう。クリスティ、よく頑張ってくれたね。本当にご苦労さま」

「恐縮です、ノエイン様」

主人から褒められたクリスティは、嬉しそうな笑みを浮かべた。

「次は商品としての量産か……生産手順も十分に効率化されてるみたいだから、後は原料になる甜菜の大量栽培と、加工する人手の確保かな？」

「はい。現状の甜菜の栽培量だと、商品の原料とするには心許《こころもと》ないので、これを今の二倍、できれば三倍くらいまで増やしたいと思っています。そうすれば……来年からは、本格的な量産に移れるかと。加工の人員も数人確保したいですが、生産工程の秘匿を考えると、奴隷を充てるべきかと考えます」

事前に考えをまとめていたらしいクリスティは、淀《よど》みなく答えた。

「分かった。栽培量を増やすために、バートやフィリップに頼んで領外からさらに甜菜を集めてもらおう。加工の人員に関しては、移住した獣人奴隷たちのおかげで農地の労働力には余裕があるから、そっちから何人か回すよ。それでいいかな？」

「問題ありません。感謝いたします」

クリスティが答え、報告と話し合いはひと段落する。

「クリスティ、最近の調子はどうかな？　疲れてない？」

仕事の話が終わり、ノエインは軽く雑談がてらに彼女の調子を確認する。

生真面目で仕事好きな彼女は、本人も気がつかないうちに働きすぎることがある。奴隷身分である彼女の主人として、ノエインには彼女の健康を適切に守る義務もある。

「ええ、大丈夫です。事務仕事の方は、見習い文官の皆さんのおかげで少しずつ楽になっています。大豆油の生産も、働き手が増えたので余裕が出てきました。少し前までと比べても、相当に楽になっています」

「そっか、よかった」

「それに……ダミアンさんも、最初よりは手がかからなくなってきたので、その点でも楽になりました」

クスクスと笑いながらクリスティが言うと、ノエインも思わず笑みを零《こぼ》す。

「あはは、それは間違いなく大幅な負担減になるね……最近、ダミアンとけっこう仲がいいみたいだね？」

「……確かに、仕事で話す機会も多いですし、私もダミアンさんも屋敷に住み込みで働いている身なので、雑談をすることもあります。仲は悪くない……と思います」

ノエインに指摘されたクリスティは、一瞬きょとんとしてからそう答えた。

「臣下たちが仲良くしてるのは、領主としても嬉しいよ」

そう微笑みながら、ノエインは考える。

クリスティは勤勉に働いて成果を上げており、能力は高く、忠誠心も疑いようもない。

ノエインはそう遠くないうちに、クリスティのこれまでの功績を認め、彼女を奴隷身分から解放するつもりでいる。

その後は、彼女には一人の人間としても幸福な将来を得てほしい。解放後、彼女がこのままアールクヴィスト家に仕えてくれる――ノエインはそうなることを強く願っている――のなら、この地で幸福な家庭を築いてほしい。

日頃から接点が多く、それなりに気も合っているようで、仕事好きという共通点もある。ダミアンは意外と、彼女の良い相手になるのではないか。

そんなことを思いながらも、ノエインは今はまだ口には出さない。

・・・・

夏も後半に差しかかったある日。ノエインは妻クラーラと共に、彼女の実家であるケーニッツ子爵家を訪問していた。

ノエインの義父であるアルノルド・ケーニッツ子爵は、北西部閥の重鎮であるために戦後も忙しかった。国境地帯での戦後処理に時間をとられたために帰還が遅くなり、帰還後も何かと用事があって領の内外を駆け回っていたため、戦後数か月が経《た》ってようやくノエインたちとゆっくり会う時間がとれた。

「陛下がどのような御方《おかた》か、か……難しい質問だな」

子爵家の中庭。妻と義父母とお茶を囲みながらノエインが尋ねると、アルノルドは顎に手を当てて考える仕草を見せる。

「急にこんなことをお尋ねしてすみません。ただ、僕は国王陛下のお名前とご年齢くらいしか存じませんから……直接お会いしてお言葉を賜ることになったので、ぜひともお人柄を事前に知っておきたいんです」

「私もお会いすることになるでしょうから、気になりますわ。お父様」

好奇心もあるが、ノエインは何より、褒賞授与の式典と戦勝を祝う宴で君主に対して失態を演じることを避けたいと思っていた。平穏な暮らしを望む以上、余計な波風は立てたくない。

生家で自由を奪われながら育ったノエインも、箱入り娘として屋敷の中で育ったクラーラも、貴族でありながら国王オスカー・ロードベルク三世についてはほとんど知らない。今ここで、オスカーと面識のあるアルノルドたちに聞いておくのが唯一とれる策だった。

「そうだな、簡潔に言えば、若く気力に溢《あふ》れた御方だ。一国の王として、申し分のない威厳も持ち合わせておられる……そのように、少なくとも私には見える。貴族社会での評価も、概《おおむ》ね『将来有望な新進気鋭の君主』といったところだろう。経験という点ではまだまだご成長の余地があられるのだろうが、その点については先代陛下の遺臣の方々がお支えしているからな。そう不安視されてはいない」

「なるほど……僕はこのような性格ですし、僕の評判は陛下の御耳にも事前に届くのかもしれませんが、陛下は僕のような変わり者へも嫌悪感を示されることなく接してくださるでしょうか？」

そう聞きながら、ノエインは不安を覚える。

国王ともなれば、身分や種族の格差、伝統や常識を殊更に重んじる性格だとしても不思議ではない。そのような人物に自分が好かれるとは思えなかった。

「自分が変わり者だという自覚はあるのだな……」

「きっとアールクヴィスト閣下も、他の貴族の方々と同じように接していただけますよ。陛下は開明的なお考えを持つ寛容な御方だと言われていますし、私もお会いした際はそう感じたわ」

アルノルドが半眼になって呟き、その横で彼の妻である子爵夫人レオノールが微苦笑しながら答えてくれた。

「……そうだな、レオノールの言う通りだ。オスカー陛下はまだお若いこともあり、先代陛下と比べても開明的な御方。それに、ご自身の器の大きさを示すことにも熱心でおられる。お前が獣人奴隷を連れて宴の場に立っていても、笑ってお許しになるだろうな。そうすることで、自らの寛容さを見せようとされるだろう」

妻の言葉に頷きながら、アルノルドも語った。

「そういう御方ですか」

「ああ。もちろん全ての御振る舞いが周囲に見せるためのものというわけではなく、陛下御自身が身分や立場に寛容なのは間違いない。案外、お前とは気が合うのではないか？」

「そうなれば光栄なことですが、果たしてどうでしょうかね」

ノエインは苦笑交じりに答えた。アルノルドはこう言うが、自分が国王の友人になる姿はとても想像がつかない。

「それに、陛下は個人としても、お前に注目しておられると思うぞ。クロスボウやバリスタの件はもちろん、お前自身も戦功を挙げたわけだからな。だからこそ、準男爵への陞爵《しょうしゃく》という褒賞を賜るのだ。きっと陛下はお前と話したがるだろう」

「……では、失礼のないようお話し相手を務めます」

今から少し緊張を感じながら、ノエインは言った。

「ところで、本隊の方でもクロスボウが活躍したそうですね？」

既に様々なところで噂《うわさ》になっている本隊の戦いの様子について、それを直《じか》に目にしたアルノルドに、ノエインはあらためて尋ねる。

「そうだ。ベヒトルスハイム侯爵閣下の指揮の下、北西部閥の兵を中心とした部隊がクロスボウを投入した。二千に迫るクロスボウによる猛攻で、敵の野戦陣地の防御に隙を作ったのだ。そこへ魔法使いによる攻撃で突破口を開き、マルツェル閣下と王国軍第一軍団長カールグレーン男爵の率いる騎兵部隊が突撃。野戦陣地の内部への侵入に成功し、その後は一方的な戦いとなった……もちろん、王国軍の兵士たちや南西部閥の連中も奮戦したからこその勝利であるが、その重要な要因としてクロスボウがあるのは間違いないだろう。あの猛攻は凄《すさ》まじかった」

「大部隊ならではの運用方法ですね。さすがはベヒトルスハイム閣下です……それにマルツェル閣下も。さしずめ彼は、勝利を決定づけた大英雄という位置づけでは？」

「ああ。決戦での突撃という、栄誉ある役割を見事に成功させたのだ。彼とカールグレーン卿《きょう》は、式典でも特に大きな注目を集めることになるだろうな。久々の大戦でまた多くの英雄が生まれた……お前もその一人だ。攻撃の大英雄がマルツェル閣下たちだとすれば、防御の大英雄は砦《とりで》を守り切ったお前たちだ。お前と、もうひとつ前衛側の砦を守り切った貴族だな。陞爵までされるのはお前たち二人だけだそうだ」

「そのもう一人の貴族については、僕もとても気になっています」

自分と同じ境遇で、自分と同じく生き残った、若き英雄の魔法使い。どのような人物なのか、ノエインとしては好奇心をかきたてられる存在だった。

「南西部閥の準男爵だという話だ。家名は確か、ロズブロークと言ったか。まだ若く、凄まじい土魔法の才を持っているらしい……父親が紛争で戦死し、当主の座を継いだばかりだとか」

「大戦の場で父の仇《かたき》である敵国に一矢報い、その活躍をもって陞爵ですか。まるで物語本の主人公のような傑物ですね」

ノエインが呟くと、アルノルドは呆《あき》れたように笑う。

「お前こそ物語の主人公だろう。僅か数年で未開の森の中に小都市を築き、類まれな魔法の才と様々な新兵器をもって敵の大軍を撃退し、陞爵するのだからな」

「僕はとても主人公なんて柄じゃありませんよ。ただ、自分の幸福のために懸命に歩んできただけです。それに、僕一人の力で成し遂げたことじゃありません。愛する臣下や領民たち、そして家族と力を合わせてきたからこそです」

自分一人では、今の成功など夢のまた夢だった。ノエインはそう思っている。

民の胃袋を支えるジャガイモがなければ、領内社会に今のような余裕はなかった。資金源となるラピスラズリ鉱脈が見つからなければ、これほど早く領内の都市化を推し進めることはできなかった。ユーリたち元傭兵《ようへい》と出会わなければ自分や領地を守ることも叶《かな》わなかった。ダミアンを見出《みいだ》さなければクロスボウもバリスタもなかった。

アンナがいなければ。エドガーやリックやダントがいなければ。クリスティやザドレクを買わなければ。フィリップやドミトリやヴィクターが仕事の拠点を移してくれなければ。セルファースやダフネやハセル司祭が移住してこなければ。

クラーラが隣に寄り添ってくれなければ。マチルダがずっと傍で支えてくれなければ。今の自分はいない。

彼らとの出会いは全て、幸運だったと言うほかない。運だけでここまで来たとは言わないが、運がこれまで自分に強く味方してくれたのは確かだった。

今となっては、栽培がうまくいくか、そもそも本当に食べられるのかも定かでなかったジャガイモを森の中で育てながら、毎晩マチルダをテントの中で愛《め》でていた開拓初期が懐かしい。

あの頃は自分たちがひどく不安定な生活を送っているという自覚もなかった。当時は今より若く無謀だったからこそ、あれほど気楽でいられた。領主貴族として成長し、多くの領民を抱える身となった現在では、あのようにはいかない。

「いくら周囲の者に恵まれようと、懸命にやってそれだけの成果を挙げられる者は稀《まれ》だと思うのだがな……まあいい」

アルノルドは軽く咳払《せきばら》いして、表情を引き締める。

「ところで、ノエインよ。褒賞授与の式典はお前ならば無難に振る舞えるものとして、その後の戦勝の宴についてだが……大丈夫か？　間違いなく、キヴィレフト伯爵もやって来るだろうが」

キヴィレフト伯爵。憎き父親の名を聞いたノエインの目が据わる。

表情こそ邪悪に歪《ゆが》めるのはこらえたが、明らかにノエインの纏《まと》う雰囲気が変わったことで、アルノルドやレオノール、そしてクラーラさえも少し驚いた顔になった。驚かなかったのはマチルダだけだった。

「もちろん大丈夫です。キヴィレフト伯爵がいるであろうことは分かった上で、僕も晩餐会《ばんさんかい》に出席するつもりでいるのですから」

そう言って、ノエインは笑みを浮かべた。表情を動かすと、そこにはどうしても凶悪な気配が交じった。

「……本当か？　お前にとっては、自身を散々に傷つけた相手だろう。顔を合わせるのが辛《つら》いのではないか？」

「辛い？　まさか！　むしろ今の僕をあのク、あの父上に見ていただくのが楽しみでなりません。自分がこれほど成長して、王国貴族社会で成功しているのだと知ってもらえるなんて、伯爵の息子としてこれ以上の喜びはありませんよ」

幸福に生きることこそが、憎き父マクシミリアンに対するノエインの復讐《ふくしゅう》。今のところ、それは最上の成功を収めていると言っていい。

あわよくばノエインが野垂れ死にすることを期待して放逐したであろうマクシミリアンがノエインの今の成功を知ったら、面白く思うはずがない。

それが、ノエインにとっては心の底から面白い。幸福そうな庶子を前に、悔しさと憎悪に歪むマクシミリアンの顔を、この目で見ることができるかもしれない。そう想像するだけで、ノエインは下品に高笑いしてしまいそうだった。

「……あなた」

夫の尋常でない目を見て、クラーラが心配そうな表情でその手に触れる。アルノルドとレオノールも、どこか同情するような目でノエインを見る。

妻の反応を見て自分の状態に気づいたノエインは、ハッとした表情になり、いつもの落ち着いた顔に戻った。

「……っ、失礼しました。クラーラもごめん、僕は大丈夫だから」

義父母と妻に言いながら、ノエインはばつの悪そうな顔でお茶を口にした。

・・・・・

王都リヒトハーゲンへの出発が数週間後に近づいてきたある日の午後。ノエインは自身の執務室に、従士長ユーリと従士副長ペンスを呼んでいた。

「……式典と晩餐会のために王都に行くときの、護衛の人選を考えないといけないね」

ノエインが話を切り出すと、ユーリもペンスも頷いた。

「今回は俺たち元傭兵組の同行が難しいですからね」

「特に、俺は絶対に無理だな」

褒賞授与の式典は別としても、戦勝を祝う宴では、社交の場の慣例として貴族たちは護衛を傍に置く。そのため、ノエインの護衛を務める者も、ほぼ確実にマクシミリアンから顔を見られることになる。

そうなると、過去に傭兵団の頭としてマクシミリアンから雇われ、彼の領軍兵士を斬り殺して部下たちと逃走した張本人であるユーリはノエインに随行できない。

髪を剃《そ》り上げて髭《ひげ》を伸ばしたユーリは傭兵時代から容姿が大きく変わっているが、さすがに直接会って言葉を交わしたことのあるマクシミリアンと顔を合わせれば、南東部でお尋ね者になった傭兵団の頭だと気づかれかねない。

ペンスやラドレーに関してはさすがにマクシミリアンも顔まで憶《おぼ》えていない可能性が高いが、彼の護衛は別。社交の場で彼を守る騎士などが、一度は共闘しながらも最後は殺し合いになった傭兵たちの顔を見て思い出す可能性は高い。

また、キヴィレフト伯爵領から王都までマクシミリアンを護衛してきたキヴィレフト伯爵領軍の兵士たちが、王都の市街地でペンスたちと鉢合わせする可能性もある。

トカゲのような切れ長の目を持つペンスも、強面《こわもて》で筋骨隆々のラドレーも、良くも悪くも記憶に残りやすい見た目をしている。兵士たちが彼らに気づかない保証はない。

よって、ノエインの護衛の人選として順当な武門の従士三人が、今回は候補から外れる。

「御者はヘンリクが、世話係はメイドの誰かが務めてくれるとしても、護衛部隊の指揮や社交の場での護衛を務められる人材は必須だ。君たちに代わる人員を選ばないとね」

王国北西部の端にあるアールクヴィスト領から王都までは、片道およそ二週間。治安は良好なので、護衛の兵士は領軍を一班充てればそれで足りるが、その指揮をとる者となると誰でもいいわけではない。兵士たちを統率し、宴の場では貴族の護衛として見苦しくないようそれなりの振る舞いもできなければならない。

「領軍隊長としては、ダントを推したいところだ」

「副隊長としても、同じくでさぁ」

ユーリとペンスは揃って答えた。それを聞いたノエインも、驚きは示さなかった。

「やっぱり、元傭兵でない兵士たちの中では、ダントが最適任者だよね」

従士たちを除いて初めて小隊長に任命されたのがダント。先のオーク出没騒動では、バートの手助けを受けながらとはいえ指揮を務め、死者を出すことなく、三匹ものオークの討伐を見事に果たした。

同じく古参領民の軍人ではリックもいるが、彼は皆を引っ張る立場というよりは、天性の狙撃の才能を活《い》かした特殊な戦闘要員としての価値が高い。このような場面で士官として連れていくならダントの方が適任であるという認識は、ノエインもユーリたちも同じだった。

「彼の士官としての能力は僕も疑ってないよ。貴族が集まる社交の場での振る舞いも？」

「ああ。あいつは俺たちが鍛えた一人前の軍人だ。今の時点でも、気を引き締めれば少なくともだらしない振る舞いを見せることはない」

ノエインが唯一の懸念事項を尋ねると、ユーリはそう答える。

「後は、貴族の前での所作を覚えさせれば護衛としては問題ないだろう。俺は傭兵団の頭として、前任の頭から貴族の前での所作も教え込まれた。それをそのままダントに教えればいい。あいつなら二週間もあれば基本的なことはしっかり覚えるはずだ」

「そっか、ユーリがそう言うなら間違いないね。護衛部隊の指揮官はダントで決まりだ」

絶対の信頼を置いている領軍隊長の断言を受けて、ノエインは領主として結論を下した。

・・・・・

そしていよいよ、ノエインたちが出発する日が来た。

今回は領主夫妻が揃ってアールクヴィスト領を留守にすることになり、向かうのもケーニッツ子爵領やベヒトルスハイム侯爵領よりさらに遠い王都。いつもより長い、重要な旅となる。

「ノエイン様……いえ、アールクヴィスト士爵閣下。士官ダント、護衛責任者として身命に代えても閣下と奥方様をお守りいたします」

旅の随行者たち――御者のヘンリク、領主夫妻の世話係を務めるメイド長キンバリー、そして護衛の領軍兵士たちが出発の最終準備を進める中で、ダントがノエインとクラーラに敬礼を示す。誰がどう見ても、今の彼は立派な軍人だった。

「よろしく頼む。君の働きに期待しているよ」

そんな彼に、ノエインも領主として言葉を返す。そして、見送りに来ている従士たちの方を向く。

「帰りはなるべく急ぐけど、それでも一か月半は領を空けることになる。僕たちが留守の間、アールクヴィスト領をよろしく頼むよ、ユーリ」

「お任せください閣下。領主代行として従士たちを統率し、閣下のご領地の安寧を守るために全力を尽くす所存です……まあ、こっちは何事もないだろう。心配しないでくれ」

従士長として領主代行を担うユーリは、敬礼して生真面目な顔で答えてから、表情と口調を崩して言った。

領主と側近が言葉を交わすその横では、キンバリーが自身の部下たちに訓示している。

「いいですか、メアリー、ロゼッタ。屋敷の主《あるじ》である領主様ご夫妻が不在になるとはいえ、屋敷ではダミアンさんやクリスティも暮らしていますし、従士の方々の出入りもあります。従士長様も毎日ご出勤されるでしょう。アールクヴィスト家にお仕えするメイドとして恥ずかしくないよう、気を引き締めて仕事に励んでください」

「分かってますっ、メイド長！」

「お任せください～」

同僚であり上司であるキンバリーの訓示に、二人はいつも通りの口調と表情で答えた。

その後、見送りに来ている他の臣下たちとも言葉を交わしたノエインは、ダントからいつでも出発できると報告を受ける。

「……それじゃあ、出発しようか。いざ王都へ」

「はい、ノエイン様」

「はい、あなた。参りましょう」

マチルダが馬車の扉を開け、ノエインに先を譲られたクラーラが馬車に乗り、すぐにノエインも続く。その際に、御者を務めてくれるヘンリクに声をかける。

「ヘンリク、長旅になるけどよろしく頼むね」

「分かりました、ノエイン様」

愛嬌《あいきょう》たっぷりに笑って答えるヘンリクにノエインも笑みを返すと、馬車に乗りこんだ。

クラーラが自分の隣を手で示していたので、それに従って彼女の隣に座る。その後はキンバリーが、最後にマチルダが乗車し、扉を閉めてノエインとクラーラの向かい側に座る。

クラーラとマチルダによると、二人はこの道中で、一日ごとに交替でノエインの隣の席に座ると決めているらしかった。

部下たちに、そして領民たちに見送られながら、アールクヴィスト士爵家の一行は王都へ向けて出発した。

二章　再会

ロードベルク王国は王都と各地域の中心都市が大きな街道で結ばれており、それぞれの街道には建国初期に英雄的な働きをした諸侯の名がつけられている。

ノエインたちは一度ベヒトルスハイム侯爵領の領都ベヒトリアまで移動した後、ベヒトリアと王都リヒトハーゲンを結ぶラディスラフ街道を進んだ。

そうして移動することおよそ二週間。道中何事もなく、一行は王都へと到着した。

王国最大の都市である王都リヒトハーゲンは、およそ十五万もの人口を抱える。広大な敷地を持つ王城。宮廷貴族たちの屋敷や有力地方貴族たちの別邸が並ぶ貴族街。全国規模の商売を展開する大商会の本拠。さらには無数の工房や商店、宿屋や家々が立ち並び、その威勢は他のどの都市をも凌駕《りょうが》している。

この王都ひとつで、地方の盟主級の貴族領に匹敵する経済力を誇るとも言われている。

広大な市域を囲む、高さ十メートルを超える城壁。その西側に設けられた城門から王都の中に入ったアールクヴィスト士爵家の一行は、市域の北側に位置する貴族街まで大通りを進んでいた。

「……」

馬車の窓から街並みを眺め、半ば呆然《ぼうぜん》としているのは、メイド長のキンバリーだった。

「あはは、驚いたかな、キンバリー？」

「……っ！　失礼いたしました」

ノエインが声をかけると、キンバリーは一拍遅れて返事をした。やや慌てた様子で、彼女にしては非常に珍しい反応だった。

「構わないよ。初めて王都の街並みを目にしたんだから、驚くのも無理はない……僕も、最初に来たときは度肝を抜かれたよ」

王都は領都ノエイナとも、ケーニッツ子爵領の領都レトヴィクとも、ベヒトルスハイム侯爵領の領都ベヒトリアとも比べ物にならない大都会。大通りの広さも、そこに並ぶ建物の大きさも、行き交う人々の数も、全てが桁違い。

元は小さな農村の出身で、今もアールクヴィスト領というのどかな地に暮らすキンバリーが、この巨大都市の威容に目を奪われるのも無理のないことだった。

「僕たちにとっては四年ぶりくらいの王都だね、マチルダ」

「はい。ノエイン様の生家を発《た》った私たちが、アールクヴィスト領へと移動する際に立ち寄って以来です」

窓の外を見て懐かしそうに目を細めるノエインに、今日は隣に座っているマチルダが答える。

十五歳の成人の年を迎えると共にキヴィレフト伯爵家から縁を切られたノエインは、王国南東部にある伯爵領から自領のある北西部の端まで、マチルダと共に生まれて初めての旅をした。ゴーレムの引く荷車に揺られながらの旅だった。

その際には王都に立ち寄り、アールクヴィスト士爵位の正式な継承手続きを王城で行ったり、開拓の準備をしたりして、数週間ほど滞在したのを思い出す。

「あのとき僕はまだ外の世界に不慣れだったし、先行きが見えない不安もあったけど、それでも王都滞在はけっこう楽しかった記憶があるよ」

「私は幼い頃、お父様が社交で王都へ行かれる際にお願いをして連れてきてもらったことが二回ほどありますが……こうして大人になってあらためて来ると、この栄えぶりがどれほど凄《すさ》まじいことか実感できます」

「自分たちが領地を治める身になると、特にね」

久しぶりに目にする王都の熱量にやや気圧《けお》されたような表情のクラーラの言葉に、ノエインも微苦笑を浮かべて同意した。

そうして話している間にも、護衛のダントたちに囲まれたアールクヴィスト士爵家の馬車は大通りを進み、貴族街に入る。

豪奢《ごうしゃ》な屋敷が並ぶ貴族街の中を進み、今回の滞在におけるノエインたちの宿泊先――ケーニッツ子爵家の王都別邸へと到着する。

新興の下級貴族であるノエインは、当然ながら王都にまだ別邸などは持っていない。貴族街にはノエインのような貴族のための高級宿もあるが、せっかく義理の父であるアルノルドの屋敷がある上に、王都にいる間は好きなだけ泊まっていいと彼に言われたことから、今回その厚意に甘えることにしていた。

屋敷の玄関前で馬車が停《と》まり、下車したノエインたちを出迎えたのは、アルノルドではなくレオノール・ケーニッツ子爵夫人だった。

「アールクヴィスト閣下、それにクラーラも、無事に到着して何よりです。夫と一緒に出迎えができなくてごめんなさいね」

王国北西部の重鎮の一人であるアルノルドは、繋《つな》がりのある宮廷貴族への挨拶回りなどで忙しく動き回っており、今は不在なのだとレオノールは語る。

「長旅で疲れたでしょう。お部屋の準備はできているから、入って休みなさいな」

「ありがとうございます、レオノール様」

「お世話になります、お母様」

温かく迎えられたノエインとクラーラは、そう答えて屋敷に入った。

到着から三日後。移動の疲れを癒したノエインは、貴族家当主として仕事に臨む。褒賞授与の式典と戦勝の宴《うたげ》まではまだ数日あるが、済ませられる用事は今のうちに済ませることになった。

その用事とは、此度《こたび》のノエインの功績に関する王家側との交渉。ノエインはこれから、王城にて王国軍務大臣ラグナル・ブルクハルト伯爵と面会する。

「緊張する必要はない。お前が既に王都に着いていると知るや否や、日時を指定して急ぎ面会を求めてきたのは王家の側なのだからな。客人として堂々と登城すればいい。それに、何も国王陛下に謁見するわけでもない」

「そう言われましても……国王陛下でなくとも、軍務大臣ともなれば僕みたいな木っ端貴族にとっては雲の上の存在です。身構えないわけにはいきませんよ」

アルノルドとそんなやり取りをしながら、ノエインはケーニッツ子爵家の馬車に乗せられて王城へと向かっていた。

今回は当主としての政治的な話し合いで王城に向かっているので、クラーラは屋敷で留守番。ノエインの隣には従者としてマチルダが付いている。

「話すことも事前に分かっている。大戦でのお前の戦功。クロスボウとバリスタ、それとジャガイモに関する報告。それらの功績に対する王家からの褒賞。以上のことを相談するだけだ。面会の場には私も、ベヒトルスハイム閣下も同席して助言する……そもそも、どうせお前のことだから、功績への褒賞として何を求めるかは決めているのだろう?」

「それはそうですが……」

「ならば問題あるまい。何を話すか決めているのに、お前が失敗することなどあり得ない」

「それはさすがに過大評価ですよ。まあ、恥をかかないように頑張ります」

義父からの高すぎる評価を受けて、ノエインは苦笑しながら言った。

間もなく馬車は王城に到着し、王家に仕える文官によって、アルノルドとノエインは城内の一室に案内される。

「おお、二人とも着いたな」

入室した二人に最初に声をかけたのは、北西部閥の盟主としてこの面会に同席するため、先に到着していたジークフリート・ベヒトルスハイム侯爵だった。

侯爵に続いて、机を挟んで彼の向かい側に座っていた男――ラグナル・ブルクハルト伯爵も立ち上がり、軽く目礼する。それに対してアルノルドとノエインは、目下の貴族として右手を左胸に当てる礼を示した。

「久しぶりですな、ケーニッツ卿《きょう》」

「はっ、ご無沙汰しております。ブルクハルト伯爵閣下」

まず最初にアルノルドと挨拶を交わしたブルクハルト伯爵は、次にノエインを向いた。

「お初にお目にかかる、アールクヴィスト士爵……獣人奴隷を連れた若々しい容姿の青年。話に聞いていた通りの人物だな」

「こうしてお会いすることが叶《かな》い、光栄の極みに存じます。ブルクハルト伯爵閣下」

「ははは、そう緊張しなさるな。急に呼びつけたのはこちらなのだから、どうか楽にしてほしい。とりあえず座りなさい」

やや硬い声で言ったノエインにブルクハルト伯爵は小さく笑い、着席を促した。

会議机の片側に、王家の代表としてブルクハルト伯爵。その向かい側にノエインたち三人の北西部貴族。全員が席につき、話し合いが始まる。

「さて、アールクヴィスト卿。こちらの用件についてはおおよそ分かっていると思うが、本日こうして卿に来てもらったのは他でもない。先の大戦における、卿の目覚ましい活躍。そして、卿の領地にて生み出されたいくつかの画期的な発明に関する件だ」

早速本題を切り出すブルクハルト伯爵。その表情は穏やかで声色も柔らかいが、視線には鋭さが感じられ、一分の隙も無いようにノエインには見えた。

「大戦での戦功に対する王家からの褒賞については、遣いの騎士が来訪したはずなので分かっていることと思う。国王陛下は卿の戦功に報いるため、卿を準男爵へと陞爵《しょうしゃく》させ、卿からの要請や要望の直言が許される会談の場を用意される。陛下にお伝えする事項については？」

「はい、既に考えております」

「よろしい。後ほど陛下に先んじて私が聞かせてもらおう。早めに確認しておくに越したことはないからな……ではまず、卿の他の功績について話そうか」

おそらくはアールクヴィスト領に関する報告書か何かなのか、手元の書類に視線を移しながらブルクハルト伯爵は話を続ける。

「まずは、クロスボウ。その有用性は先の大戦で私も直《じか》に見た。決して万能ではなく、そのまま弓の代替にはならないが、使い方によっては非常に強力な兵器だ。そして、バリスタ。騎士フレデリック・ケーニッツから報告は受けている。大きな決定力を秘めた強力な兵器だそうだな。併せて使われた爆炎矢という魔道具にも、王家の直臣として、一軍人として非常に興味がある」

伯爵の手元の書類が、一枚めくられる。

「そして最後に、ジャガイモという作物。食料生産力の向上のために非常に有用だとベヒトルスハイム閣下より伺っている。卿の領地では、ある程度の栽培知識も確立しているそうだな？」

「仰《おつしや》る通りです」

「それは何よりだ……有用性の高い兵器の数々と、ロードベルク王国の食料事情をより安定させる可能性を秘めた作物の栽培技術。どれも素晴らしい発明だな。これら卿の功績に関する報告を受けて、国王陛下も卿を非常に高く評価しておられる」

そう言われ、ノエインは深々と頭を下げる。

「過分な評価を賜り、恐悦至極に存じます」

「ふむ、殊勝な態度だな。だが、謙遜することはない。卿の功績は、誰が見ても素晴らしいものだ……ここからが本題だ。国王陛下はこれら卿の功績について、より詳細な情報、そして発明された品々の献上を望んでおられる」

伯爵の言葉を受け、顔を上げたノエインは横に座るジークフリートの表情を窺《うかが》う。

献上、という言葉を聞いても彼が何ら反応を示していないことから、この件については王家と北西部閥の間で既に話がついていると分かった。

「アールクヴィスト家がこれらの情報と実物を王家に献上するのであれば、他の地方貴族閥には必ずしも積極的に提供しなくてもよいと、陛下は仰っている。卿ら北西部閥がこれらを量産し、以《もっ》て貴族閥としての力を増すために、十分な猶予を得られることだろう……クロスボウについては大戦で大々的に使われたので他の貴族閥にも情報が回っているだろうが、それとて詳細な製造方法や実物がなくては模倣するにもある程度の時間がかかろう。その他のものについては、情報が漏れて広まるまでさらなる時間を要する。その時間を利用すれば、北西部閥の有利は守られる」

ノエインの推測を裏付けるように、ブルクハルト伯爵は補足した。

情報と実物の開示が王家に対してのみで済むのであれば、クロスボウについても向こう一、二年程度、その他のものに関してはさらに数年程度、北西部閥が他派閥に先んじて普及を進めることが叶う。

北西部閥の盟主であるジークフリートはそれで文句もないであろうし、北西部閥を強靱化《きょうじんか》させてアールクヴィスト家の盾としたい自分も、目的は十分に達成されるので不満はない。ノエインはそのように考えた。

「どうだろうか、アールクヴィスト卿。もちろん王家としては、卿の忠節に然《しか》るべき対価をもって報いるべきであると、陛下はそのようにお考えだ。戦功に加えて、こちらの件の褒賞としても卿から陛下に望みを伝えることが許される。悪い話ではないと思うが」

提案のかたちをとられてはいるが、自分に拒否権があるとはノエインも思っていない。

国王が望んでいて、北西部閥の盟主も承諾している。この状況で一介の下級貴族に断るという選択肢があるはずがない。

角が立たないように穏やかな言い方をしているだけで、これは実質的な命令。王家が強権的に命じるのではなく、ノエイン自身に献上させるかたちをとって褒賞を与えようとしているあたり、たかが士爵に対する扱いとしてはむしろ良心的とさえ言える。

「私のささやかな功績が国王陛下と王家のお役に立てますこと、とても光栄なお話だと感じております。ぜひ献上させていただきたく存じます」

なのでノエインは、素直に承知した。王家の役に立てることが嬉《うれ》しくてたまらない、と言わんばかりの笑顔を作りながら。

「それはよかった。卿の示す忠節を、陛下もお喜びになることだろう……では、卿が献上する情報の内容や、品々の具体的な数や時期について、早速だが決めさせてもらおう」

その後の話し合いで、クロスボウ百挺《ちょう》、バリスタ四台、爆炎矢五十発、ジャガイモ百樽《たる》を王家に献上することが決まる。併せて、アールクヴィスト士爵家が研究しまとめているこれらの製造や栽培のノウハウも一緒に。

納品の期限は品によっても違うが、最も時間のかかるであろうバリスタ四台が一年後まで。クロスボウとジャガイモに関してはできる限り早く納めてほしいとの話だったので、ケーニッツ子爵家から人を借りて明日にもアールクヴィスト領へと早馬を送ることになった。

「今日決めておくべきことは、ひとまず以上で良いか……では、後は褒賞についてだな。卿としては待ちに待った話だろう」

「恐縮です、閣下」

今回の主題であろう献上に関する話がまとまったからか、ブルクハルト伯爵は先ほどまでよりも気楽そうな口調で言った。それに、ノエインも笑みを浮かべながら答えた。

「大抵のものであれば陛下もお認めになるであろうし、卿ならばわきまえるべき部分はわきまえていることと思うが、どのような褒賞を望む？」

「それでは、まずは一連の情報と品を献上させていただくことについての褒賞の件から。私としては、金品や特権ではなく、人材を王家より賜りたいと考えております」

「人材？」

「はい。王家は王宮魔導士として、多くの魔法使いを抱えていることと存じます。その中には私と同じ傀儡《くぐつ》魔法使いもいることかと。国王陛下よりお許しをいただけるのであれば、彼らのうち幾人かを我が領に移住させたく存じます。つきましては、彼らに対し、我がアールクヴィスト家に仕官しないか勧誘する機会を賜りたく」

ノエインの望みを聞いたブルクハルト伯爵は、少しばかり困った表情になる。

「陛下も駄目だとは仰らないだろうが……それは、傀儡魔法使いたちが王宮魔導士の中でもあまり有用ではなく、重要な人材ではないからだ。彼らはせいぜい王国軍の倉庫での荷運び程度でしか活躍していない。卿の実力は私も聞いているが、いかに王宮魔導士とはいえ、彼らは卿ほどの手練《てだ》れではないぞ？　あくまで卿が特殊なのであって、一般的な傀儡魔法使いが世間でどのように言われているかは、他ならぬ卿自身がよく知っていることだろう」

「理解しています。その上で王宮魔導士の傀儡魔法使いたちを勧誘し、勧誘に乗った者を我が領に迎え入れて私が自ら鍛え、強い戦力や労働力とすることを試みたいのです」

ノエインは子供の頃、あり余る時間と魔力を使って鍛錬を重ね、今のゴーレム操作の技術を身につけた。

気が遠くなるほどの反復練習をくり返すことで、ゴーレムの手足を自身の手足の如《ごと》く動かせるようになった鍛錬の手法は、他の傀儡魔法使いにもそのまま応用できるのではないかと、そう考えている。

必要なのは鍛錬に臨む時間と、魔法使いとして及第点以上の魔力。時間は領主であるノエインが与えることができる。魔力は、傀儡魔法使いとはいえ王宮魔導士に採用される者となれば、一定以上を保証されている。

彼らに好条件を提示して自分のもとに迎えることができれば、自分には及ばなくとも、傀儡魔法使いとしては破格の人材へと成長させられる可能性は高い。

だからこそ、ノエインはこのような要望を語っていた。

これまでのアールクヴィスト領の開拓や防衛に欠かせなかったのが、領主である自分の傀儡魔法の才。自分のようにゴーレムを動かせる手練れの傀儡魔法使いを増やせるのであれば、自分が領地を不在にしているときもアールクヴィスト領の開拓を推し進め、守ることができる。そう思ったからこそ。

「なるほど、鍛えるか。そういうことであれば納得だ。卿の要望として陛下にお伝えし、お許しを得られるよう私からも説明しよう……卿が自分以外の傀儡魔法使いを鍛えることに成功すれば、いずれその手法についても国王陛下は卿にお尋ねになるかもしれないな」

「その際はまた、王国貴族として正しく貢献させていただきます」

ノエインは恭しく一礼し、そしてまた口を開く。

「そしてもう一点、お願いがございます……クロスボウとバリスタを発明した、我が領の鍛冶職人についての話になります。その鍛冶職人はダミアンという名なのですが、自身の発明と共に名を残すことにこだわっているようでして。つきましては、王家の記録に彼の名を残していただきたいのです」

「名を残す、か。それだけで良いのか？」

「それこそが、彼にとっては至上の褒賞となるでしょう」

ノエインが答えると、ブルクハルト伯爵は少し考えて頷《うなず》いた。

「その程度のことであれば、私の権限で確約できる。そのダミアンという鍛冶職人が、クロスボウとバリスタの発明者として王家の歴史書に記されるよう、内務省の記録部に伝えておこう。これらはいずれ王国軍の装備として士官学校でも教えられるようになるだろうが、その際にも発明者としてその者の名が出るようにしておく」

「ありがとうございます。彼も大いに喜ぶかと思います」

ダミアンが大はしゃぎしながら献上用のクロスボウとバリスタを作る姿を想像し、思わず笑いそうになるのを我慢しながら、ノエインは言った。

「後は、先の大戦でバレル砦《とりで》を守り抜いた卿の戦功に対する褒賞だな。後日、陛下に直接お伝えする機会は与えられるが、私が事前に聞いて陛下にお伝えし、実現可能か確認させてほしい。何が欲しい？　もう考えているかね？」

問われたノエインは、静かに笑みを浮かべる。

「そちらについても、既に考えてあります。説明させていただきます……その前に一点お尋ねが。畏れながら、ブルクハルト伯爵閣下は私の出自についてはご存じでしょうか？」

・・・・・

ブルクハルト伯爵との面会の翌日には、ノエインの要望について、いずれも国王より了承が得られたという報《しら》せがケーニッツ子爵家の王都別邸に届けられた。

そのうち王宮魔導士の傀儡魔法使いたちを勧誘する件については、褒賞授与の式典と戦勝の宴が開かれる前に早速機会を得られることとなった。

「これが、王宮魔導士として王家に仕えている傀儡魔法使い、総勢十五人だ」

面会の翌々日の午後。王城に隣接した王国軍本部の屋外訓練場で、ノエインはブルクハルト伯爵の案内のもと、整列した傀儡魔法使いたちと対面する。

王国軍は第一軍団から第十軍団まであり、総兵力はおよそ一万人。そのうち王都の軍本部を拠点としているのは、有事の即応戦力である第一軍団と王都防衛を担う第二軍団、輜重《しちょう》任務など後方支援を担う第十軍団。

傀儡魔法使いたちは第十軍団の所属なので、こうしてすぐにノエインに会わせることが叶ったのだという。

「アールクヴィスト卿。稀代《きたい》の傀儡魔法使いである卿の目から見て、王家の抱える傀儡魔法使いはどう見える？　ぜひ聞かせてほしい」

「……畏れながら正直に第一印象を申し上げますと、姿勢が悪いと思いました」

十五人の傀儡魔法使いを見回し、ノエインは言った。

彼ら自体は、軍務大臣の客人であるノエインを前に、全員が背筋を伸ばして立っている。姿勢が悪いのは彼らの後ろに立つそれぞれのゴーレムだった。どのゴーレムも、まるで糸で吊《つ》られて無理やり立たされているように、ノエインには見えた。

尤《もっと》も、一般的にはゴーレムの立ち姿などこのようなものであり、並ぶ傀儡魔法使いたちが手を抜いているわけでもことさらに腕が悪いわけでもない。

「なるほど。姿勢だけでも、卿の目には実力不足に映るか」

「あくまで私自身と比較すれば、ということになりますが……後は、随分と若い者が多い気がします。何か理由が？」

見たところ若い者で十代前半、年齢が上の者でもせいぜい二十代半ばに見える傀儡魔法使いたちを前に、ノエインはブルクハルト伯爵に尋ねる。

「傀儡魔法使いは王宮魔導士を務めていても出世の見込みはほとんど無い上に、給金も他の王宮魔導士より低いからな。全員が十年も務めずに辞めていくのだ。元王宮魔導士という信頼性の高い経歴があれば、大商会の倉庫など働き口はいくらでもある。給金もより高い額を望める……空いた王宮魔導士の枠もすぐに埋まる。傀儡魔法使いで魔力量に自信のある者は、大抵が一度は王家に仕官しようとするからな」

伯爵の説明に納得しながら、ノエインは傀儡魔法使いたち一人ひとりの顔をよく見た。

「彼らと話しても？」

「もちろんだ」

許可を得て、ノエインは一歩進み出た。

「皆さん、初めまして。私はノエイン・アールクヴィスト士爵。王国の北西の端、ベゼル大森林の一角に領地を賜っています。ブルクハルト伯爵閣下より事前に話は聞いていると思いますが、今日は皆さんに、我がアールクヴィスト士爵家への仕官を提案するために来ました」

その言葉を聞いても、傀儡魔法使いたちの反応は明るくなかった。

先の大戦において、ノエインが卓越した傀儡魔法の力をもってバレル砦防衛で活躍した話は、フレデリックたち王国軍人から多少なりとも広まったはず。第一軍団と同じく王都の軍本部に拠点を置いて働く彼らも、一度は耳にしているはずだった。

にもかかわらず、この微妙な反応。おそらくは自分の活躍の噂《うわさ》を、誇張されたものか完全な作り話だと思っているのだろう。ノエインはそう考えた。

「もし我が領に来てくれる者がいるのであれば、私は傀儡魔法使いとして、その者を鍛えます。できるだけ私に匹敵する実力となるように。私の実力は……一度見てもらった方が早いでしょう。そこのあなた、ゴーレムを貸してください。魔力供給を切ってもらえますか？」

ノエインに指名された青年が、やや戸惑いながらも言われた通りゴーレムへの魔力供給を切る。

そのゴーレムに、今度はノエインが魔力を注いだ、次の瞬間。

機敏に立ち上がったゴーレムは、先ほどまでとは比べ物にならないほど整った姿勢で立ち上がった。そして、人間顔負けのきびきびとした動きでノエインのもとまで歩いてきた。

ゴーレムらしからぬ動きに、傀儡魔法使いたちは啞然《あぜん》とする。ノエインの隣にいるブルクハルト伯爵さえも、驚きを顔に表している。

「そこのあなた、あなたもゴーレムを貸してくれませんか？」

ノエインは別の傀儡魔法使い、まだ十代に見える女性を指差して言う。

やはり戸惑いながら魔力供給を切った女性傀儡魔法使いに代わり、ノエインは彼女のゴーレムにも魔力を注いで立たせる。

そして、二体のゴーレムを巧みに操作する。生身の人間と比べても遜色ない滑らかな動きで、歩かせ、走らせ、跳ばせ、格闘術の型のような動作もさせる。

そうしていると、信じられない光景を前に最初は呆然としていた傀儡魔法使いたちは、今はざわざわと衝撃を語り合っている。

「……やっぱり、ダフネに手がけてもらったゴーレムみたいにはいかないね。重心が不安定だし、腕や足の重さが左右で微妙に違う。普段ほど細かい動きはさせられないな」

「仰る通り、ノエイン様の技量にゴーレムがついていけていないように見えます」

ノエインと、従者として傍《そば》に控えるマチルダの会話が聞こえたらしく、ブルクハルト伯爵は強《こわ》張《ば》った表情を向けてくる。

「ゴーレム二体をこれほど機敏に動かして、これでまだ完全な本領発揮ではないと言うのか。いやはや凄まじいな。凄《すご》いとしか言いようがない。傀儡魔法使いとしては、間違いなく王国一だろう。大陸一かもしれん」

「軍務大臣であらせられる閣下より、それほどまでにお褒めいただけるとは。光栄の極みに存じます……さて」

ノエインはゴーレム操作を止《や》め、傀儡魔法使いたちに向き直った。

「あなたとあなた、ゴーレムを貸してくれてありがとうございました。そして皆さん、私の傀儡魔法使いとしての実力は分かってくれたと思います。その上で、あらためて提案します……我がアールクヴィスト士爵領に来て、私に鍛えられ、私の臣下となって働きませんか？　私がこの実力に至るために行った鍛錬を、あなた方にも施します。全員が私に匹敵する実力へと成長するかは分かりませんが、王宮魔導士に選ばれるほどの魔力量を誇るあなたたちなら、きっと飛躍的に成長を遂げることでしょう」

そもそも魔法とは、独学で腕を磨くか、運が良ければ同じ才を持つ魔法使いに弟子入りして学ぶのが一般的。傀儡魔法という、不人気な上に術者の数も少ない才に関しては師を見つけることがまず難しい。

体系的に技術を磨く術《すべ》がないからこそ、たまにノエインのように自力で高みに到達する者が現れても、それは個人の才能ということで片づけられてしまう。

だからこそ、自分が傀儡魔法の体系的な鍛錬方法を確立してみせる。実戦に堪える実力を持った傀儡魔法使いを継続的に生み出せると、他の傀儡魔法使いを鍛えることで証明する。それがノエインの考えだった。

曲がりなりにも王宮魔導士である目の前の彼らならば、並みの魔法使いよりも豊富な魔力を活《い》かして膨大な鍛錬を積むことで、一体のゴーレムを、少なくとも自分の半分程度の技能をもって動かせるようになるのではないか。ノエインはそう予想している。

「待遇についても、おそらく魅力を感じてもらえることでしょう。私のもとに来ることを決めた者には、まず現在の二倍の給金を払いながら、その上で鍛錬に臨んでもらいます。そして、私の半分ほどの技量でゴーレム一体を操れるようになったと私が判断すれば、現在の三倍の給金で正式に臣下として雇い入れましょう。その後もあなた方の働きや功績、役職、我が領の発展の度合いに応じて給金は増やします」

事前にブルクハルト伯爵から聞いた話では、彼ら傀儡魔法使いの給金は、他の王宮魔導士の数分の一から十分の一以下。何らかの役職や技術を持つ官僚程度の金額。

彼らがいずれ王宮魔導士を辞めて大商会などに雇われたとしても、二倍の給金までは見込めないということだった。

だからこそノエインは、これだけの条件を提示した。もしも彼らがノエインの期待通りの実力まで成長してくれるのであれば、普通の兵士や労働者を十人雇うよりも遥《はる》かに大きな働きをしてくれる。現在の給金の五倍を払ったとしても釣りが来る。そう考えていた。

「……一般的に傀儡魔法使いがどのような目で見られているかは、私も知っています。自分は傀儡魔法使いであると語ったときに、冷たい目を向けられ、悔しさを覚えたこともあります。あなたたちは私以上に、悔しい思いをした経験も多いでしょう」

最後の一押しとして、ノエインは語り始める。

「私の施す鍛錬や、あなたたちの努力が実を結ぶかは、私自身にもまだ分かりません。絶対の保証はありません。それでも、新たな能力を開花させ、新たな人生を切り開くために挑戦したいと思う者がいるのならば、私のもとに来てください。傀儡魔法使いの歴史を変える挑戦に臨む者を、私は歓迎します」

師となるノエインの実力。今までよりも遥かに高い給金。そして夢や希望。それら説得材料を示され、一部の傀儡魔法使いは、最初よりも明らかにこの勧誘に興味を示している様子だった。

「しばらくの間、私は王都に滞在しています。アールクヴィスト領に来る意思のある者は、私が自領に帰る前に伝えに来てください」

少なくとも何人かは、この勧誘に乗ってくれるだろう。手ごたえを感じながら、ノエインは軍本部を去った。

最終的に、王宮魔導士の傀儡魔法使いのうち、七人がノエインのもとに来ることを選んだ。

・・・・・

褒賞授与の式典は、儀式的な色の強い催しだった。

王国の主だった領主貴族が一堂に会する戦勝の宴とは異なり、この式典に出席するのは褒賞を与えられる当人たちと、主に官僚である宮廷貴族たち。会場となるのも王城の大広間ではなく、玉座の置かれた謁見の間。

そこに併設された待機室に、ノエインはいた。

褒賞を与えられる者は、国王の御前でまとめてずらりと並ぶようなことはせず、この部屋で待機しながら一人ずつ呼ばれて謁見の間に入る。

今回、国王から直接に褒賞を賜る栄誉を得た者は、爵位が高い順に呼ばれる。ノエインは士爵の中では最も早く呼ばれるが、それでも順番は後半。自分の屋敷の居間よりも遥かに広い待機室で、豪奢な椅子に座らされて静かに呼ばれるのを待ち続ける。

「それでは次に、ヴィオウルフ・ロズブローク準男爵閣下。国王陛下の御前にお進みください」

ノエインのすぐ近くに座っていた男が、王家の文官に名を呼ばれ、謁見の間に続く扉へと歩いていく。この国の男の平均身長を頭ひとつは上回っていそうな偉丈夫で、髪は深紅だった。

ロズブローク準男爵。土魔法をもって砦のひとつを守りきったという、先の大戦においてノエインと並ぶ防御の大英雄。その後ろ姿をノエインは興味深げに見送った。

準男爵で褒賞を賜るのは彼一人だったようで、それから間もなくノエインの名が呼ばれる。

「こちらです。まだ陛下に視線は向けずに、真っすぐ進んでください」

文官の指示に従い、ノエインは少し視線を下げながら待機室を出て、短い廊下を進む。

「ノエイン・アールクヴィスト士爵、入場！」

王家の親衛隊兵士たちによって扉が開かれ、ノエインが謁見の間に一歩踏み入った瞬間、儀礼官の声が響いた。

事前にアルノルドから教えられた作法と、先ほどの文官の注意を思い出しながら、ノエインは国王オスカーの前まで進む。玉座の前に立つ彼の正面で立ち止まると、視線を下げたまま向き直り、片膝をついて臣下の礼を示した。

後ろには、この式典の証人として並ぶ大勢の宮廷貴族たちの気配。

王国内の情報に詳しい彼らにはノエインの噂も既に届いているようで、ぼそぼそと噂話をする声が聞こえる。「変人」「クロスボウ」「傀儡魔法」「獣人奴隷」などの単語が、ちらほらとノエインの耳に届く。

「ノエイン・アールクヴィスト士爵。面を上げよ」

「はっ」

命じられて、ノエインは初めて顔を上げ、国王の顔を見る。

オスカー・ロードベルク三世。若く気力に満ちた精悍《せいかん》な国王。目の前の君主は、これまでに聞いた前評判に違《たが》わない存在感を放つ人物だった。

国王オスカーの方も、ノエインの噂をブルクハルト伯爵からでも聞いているのか、何か意味ありげに小さく笑う。

オスカーの傍についていた文官が進み出て、一枚の紙を差し出す。広く普及している植物紙ではなく、高価で製造に手間のかかる羊皮紙だった。

「アールクヴィスト士爵ノエイン。汝《なんじ》は南西部国境の大戦において、バレル砦の防衛指揮を担い、数倍に及ぶ敵の攻勢を受けながらも怯《ひる》むことなく奮戦し、砦を守り抜いた。汝のこの奮戦は、我がロードベルク王国の勝利において重要な役割を果たした。汝の類まれなる功績を評し、ここに準男爵位を下賜する。これよりアールクヴィスト準男爵を名乗り、王国貴族としてさらなる忠誠と活躍を示せ」

褒賞の内容を読み上げたオスカーは、羊皮紙を再び文官に戻す。

「身に余る光栄にございます。以後も誇り高きロードベルク王国貴族として、国王陛下の忠実なる臣として、身命を賭して義務を果たす所存であります」

事前にアルノルドから習っていた文言を、ノエインは違うこともつかえることもなく述べた。そのことに心から安堵《あんど》する。

形式的なやり取りはここまで。後は、オスカーより一言二言、個人的に言葉を賜る。

「……ふむ。変わり者の新興貴族と聞いていた割には、普通の男だな。一見するとまだ子供のようではあるが」

「自分が奇人であることは承知しておりますが、同時に王国社会で一般的とされる振る舞いがどのようなものかも理解しているつもりです」

マチルダを連れず、人柄の分かるような話をしなければ、容姿がやや幼いだけの青年。そんなノエインが答えると、オスカーは笑った。

「ははは、常人のふりもできるのに、普段は好き好んで酔狂な振る舞いをしているということか。なかなか面白そうな男だ。気に入った」

「畏れ入ります、陛下」

オスカーの大らかな笑顔と話し方は、少しだけ芝居がかって聞こえた。自分もよく作り笑いをするからこそ、ノエインは気づいた。

アルノルドが国王のことを「自身の器の大きさを示すことに熱心」と評していた理由が分かった気がした。

「この後の宴ではお前たちが主役だ。楽しむがよい……以上だ。下がれ」

「はっ」

ノエインは再び一礼して立ち上がり、入室したときとは逆方向に歩いて謁見の間を出た。

その日の夜、いよいよ戦勝の宴が開催される。

「いいかノエインよ。キヴィレフト伯爵と対面しても、頼むから、くれぐれも、直接的に言い争ったりはしないでくれ。もし国王陛下の御前で大事になったら、私でも庇《かば》いきれるか分からなくなるからな」

王城の大広間へと続く廊下を歩きながら言ったアルノルドに、ノエインは微苦笑を返す。王都に着いてから、彼がこのような忠告をするのはもう何度目かのことだった。

「そう何度も仰らなくても、ご心配には及びませんよ。僕はそこまで短慮な人間ではありませんから……というか、僕とキヴィレフト伯爵は、表向きは親子でも何でもない他人ということになっているんです。お互いに喧嘩《けんか》を売ることもありませんし、それ以前に面識のある体で話すこともあり得ません」

キヴィレフト伯爵家がベゼル大森林に飛び地を持っていたことはそもそもほとんど知られておらず、そこが庶子に押し付けられて切り離された事実も、マクシミリアンの必死の隠蔽もあって広まっていない。

マクシミリアンに近しい者や、その庶子の行方を捜したい者が本気で調べればアールクヴィスト士爵であるノエインに辿《たど》り着くだろうが、全国的に見ればマクシミリアンとノエインの関係はほとんど知られていない。

ノエインもマクシミリアンも、その前提で立ち回ることになるのは明らかだった。

「だが、お前のことだ。何かしらの意趣返しをキヴィレフト伯爵にするつもりなんだろう？」

「それはそうですが、ほんの冗談の悪戯《いたずら》程度のことです。手口や内容の限度はわきまえていますから。この手の立ち回りで、僕がしくじると思いますか？」

ひねくれた立ち回りが大得意。そんなノエインの能力をよく知っているアルノルドは、数瞬黙り込んだ後に嘆息した。

「……そうだな。この手の立ち回りでは、お前に敵《かな》う者などそうそういないだろう。私も敵わないし、ましてや家柄以外に取り柄のない当代キヴィレフト伯爵が敵うはずもない。無用な心配か」

「分かっていただけて嬉しいです、義父上《ちちうえ》」

楽しそうに笑いながら、ノエインは前に向き直った。

その隣では、大きな社交の場を前にしたクラーラが不安げな表情を浮かべている。

「……私も、あなたのように緊張せず社交に臨めるようになりたいですわ」

「あはは、大丈夫だよクラーラ。僕みたいに何か目的があって臨むわけじゃなければ、社交の場はただ楽しむためのものだから」

クラーラの手を優しく握り、彼女に微笑《ほほえ》みかけながら、ノエインは言った。

「この子にももっと社交の経験をさせておくべきだったかしらねぇ」

「いや、初めての王城での社交となれば、クラーラのように緊張するのが普通だろう。ノエインの落ち着きぶりが異常だ」

レオノールの言葉に、アルノルドが呆《あき》れ交じりに返す。

異常呼ばわりされても、ノエインは笑うだけだった。本物の戦争を経験した今となっては、たかが社交ではいささかの緊張も覚えなかった。

「……さて、行くか。うまくやれよ、ノエイン」

「もちろんです」

ノエインたちは大広間の入り口に辿り着き、警備を担う親衛隊兵士たちの手で大きな扉が開かれる。

「アルノルド・ケーニッツ子爵閣下、レオノール・ケーニッツ子爵夫人、ご入場！　ノエイン・アールクヴィスト準男爵閣下、クラーラ・アールクヴィスト準男爵夫人、ご入場！」

宴の会場である大広間の入り口に控えた儀礼官が声を張り、ノエインたちの入場を告げる。貴族とて全員が知り合いではなく、大規模な集まりでは誰が誰か分からない場合も多いため、こうした入場時の紹介は恒例のものだという。

儀礼官の声で、入り口近くにいた貴族たちの目がノエインたちに向けられる。その貴族たちが周囲に声をかけ、より多くの視線が向けられる。

「褒賞を賜った今夜の主役の一人ともなれば、良くも悪くも注目を集めるものだな」

「ありがたい話ですね」

ノエインは言葉とは裏腹に、嬉しくもなさそうな表情で呟《つぶや》いた。

「……見たところ、男は男同士で、女性は女性同士で歓談する流れが作られているようだな」

入り口から見て大広間の右側に各貴族家の夫人や令嬢が、左側に男が集まっている様を見て、アルノルドが語る。

「それではあなた、私はあちらでクラーラと挨拶回りをしてきますね」

「ああ、頼んだ」

「……ノエイン様、行ってまいります」

「また後でね、クラーラ。できるだけ肩の力を抜いて、楽しんで」

まだ不安げな表情のクラーラは、レオノールに手を引かれて歩いていった。

その後ろに護衛として続くのはダントだった。軍人はやはり男の方が圧倒的に多い仕事であるため、社交の場における貴族夫人や令嬢たちの護衛でも屈強な男は珍しくない。ダントがクラーラの傍についていても、特に不自然さはない。

だからこそノエインも、彼にクラーラの護衛を任せた。自身がマチルダとクラーラ二人ともを傍から離したくないという理由と、せっかくマクシミリアンと再会するのだからマチルダと一緒に彼の顔を拝みたいという理由があった。

「では、私たちはあちらだな」

「はい」

アルノルドの後に続いて、ノエインは男の貴族たちの集まっている方へと向かう。すると、いくつもの視線がノエインに刺さる。

今夜の主役の一人であり、その英雄的な戦功を称《たた》えられて陞爵まで果たしたアールクヴィスト準男爵。その武勇に見合わない少年のような容姿と、女の獣人奴隷を自らの護衛につけるという奇異な振る舞い。

否応《いやおう》なしに好奇の目を向けられ、ひそひそと語る声も聞こえる。

「何やら獣臭いと思ったら……何故《なぜ》ここに獣人奴隷がいるのだろうな？」

「王城の宴の場で、一体何を考えておるのか。これだから成り上がり者は」

聞こえよがしに悪意ある言葉も呟かれるが、ノエインも、その後ろに続くマチルダも平然としていた。表情は微塵《みじん》も変わらなかった。

自分には義父や、北西部閥そのものが後ろ盾としてついている。国王からの覚えもめでたい。他派閥の貴族の嫌味などどうでもいい。

虫の羽音のような嫌味よりも、もっと気にするべき重要なことがある。そう思いながら、出席者たちの間を抜ける。

「ひとまずベヒトルスハイム閣下に挨拶をしておくか。褒賞授与の式典を無事に終え、陞爵を果たしたことを報告しておくといい」

「分かりました」

アルノルドに答えながら、ノエインは周囲を見る。露骨に人を捜している風にならないよう気をつけながら、視線だけを動かす。

そのとき。

「……ノエイン様、右です」

ノエインの耳だけに届くよう、マチルダが小さく呟く。

その言葉を受けて、右に視線を向けたノエインは——ニヤリと、悪魔のような笑みを浮かべた。

そして、すぐにもとの表情に戻った。誰かが見ていたとしても、気のせいかと思ってすぐに忘れるほどに一瞬のことだった。

穏やかな微笑を顔に張りつけ、ノエインが視線を向ける先に立っているのは、マクシミリアン・キヴィレフト伯爵だった。

彼も、ノエインを見ていた。

「……」

息を殺しながら、胸が高鳴るのを感じた。

同じ室内に、目に見える場所に、すぐそこに、マクシミリアンが、憎き父がいる。

父が自分を認識している。領主貴族として功績を重ねて陞爵し、マチルダと共に幸せに生きる自分を今まさに見ている。

たまらなく愉快だった。縁を切られた当初こそ二度と会いたくないと思ったが、自分が幸せを手にした上でいざ父と顔を合わせたら、これほどまでに喜びを覚えるとは思わなかった。

ざまあみろ。そんな気持ちが沸き起こる。

夢のようだった。一方の父は、きっと今、起きながらに悪夢にさらされていることだろう。消えてほしかった目障りな庶子が健在で、幸せそうで、成り上がりを果たしてこのような場所にいるのだから。

「……行こう、マチルダ」

「はい、ノエイン様」

ノエインはマクシミリアンと視線をぶつけ合いながら、努めて表情は動かさず、マチルダにそう言ってアルノルドの後を追った。憎き父から外した視線を、義父の背に向けた。

マクシミリアンと再会を果たしても、いきなり話しかけに行ったりはしない。対外的には、アールクヴィスト準男爵とキヴィレフト伯爵は他人ということになっているのだから。

最後にノエインが一瞬だけ視線を向けると、マクシミリアンも何事もなかったかのような顔で他の貴族との歓談に戻っていた。

今はこれでいいと、ノエインは考える。まずは面識のある貴族たちに挨拶し、後でアルノルドにでも顔を繋いでもらって、初対面のふりをしながらマクシミリアンに話しかければいい。

楽しみは後にとっておくに限る。

ひとまずマクシミリアンのことを頭の片隅に追いやったノエインは、アルノルドと共にジークフリート・ベヒトルスハイム侯爵のもとに行った。

ジークフリートの隣には、ノエインの知らない人物がいた。

「おお、ケーニッツ卿。今日の主役の一人を連れてきたな……アールクヴィスト卿、式典での様子は直接見てはいないが、なかなか立派な振る舞いだったと宮廷貴族たちから聞いているぞ」

自身も国王より褒賞を賜った一人であるジークフリートは、祝いの場ということもあり、機嫌良さそうに言う。

「これで彼も準男爵です。義父としても実に誇らしい」

「若輩の身ながら、北西部閥の一員として恥じることのないよう精一杯に努めました」

アルノルドに続いてノエインが答えると、ジークフリートは満足げに頷き、自身の隣にいる人物を手で示した。

「アールクヴィスト卿は初めて顔を合わせるだろう。こちらはガルドウィン侯爵だ。南西部閥の盟主を務めておられる」

「お初にお目にかかる、アールクヴィスト卿。卿の活躍はベヒトルスハイム卿から聞いておる。この度の陞爵、誠にめでたく思う」

南西部閥をまとめるガルドウィン侯爵の話は、ノエインも当然に聞いたことがあった。堅実な領地運営と派閥の維持で知られる、老獪《ろうかい》な貴族だと聞いていた。

そんな噂からノエインが想像していた姿と比べると、ガルドウィン侯爵はもっと穏やかそうな人物だった。小柄で物静かな雰囲気で、分かりやすい迫力などは放っていなかった。

その第一印象通りに穏やかな言葉をかけてくれたガルドウィン侯爵は、しかしすぐに目を細めてノエインの後ろに立つマチルダに目を向けた。

王国南部は、北部よりもさらに獣人差別が激しい土地。そこに領地を持つ彼が、マチルダの存在をどう思ったかは明らかだった。

「名高きガルドウィン侯爵閣下にお会いできましたこと、誠に光栄に存じます。また、お祝いの言葉をいただき恐縮です」

「ほう……ひどく変わり者である様子なのに、しっかりと挨拶ができるのだな。なかなか立派な若者ではないか」

行儀よく礼をしながら答えたノエインを見て、ガルドウィン侯爵は小さく笑いながら言った。その言葉に込められているのは嫌味か、それとも単なるからかいか、ノエインは判断しかねた。

「ははは、あまり虐《いじ》めてやらないでください。アールクヴィスト卿はこの通り奇異な部分もある男ですが、王国貴族として非常に優秀であるのは間違いない。国王陛下も彼の功績をお認めになるほどですからな」

「いや失礼。ベヒトルスハイム卿から聞いた話を疑っているわけではありません。彼が聡明《そうめい》な若者であることは、こうして顔を合わせたらすぐに分かりました。相当な傑物なのは間違いないのでしょう……アールクヴィスト卿、気を悪くしたなら謝ろう。卿の戦場での奮戦によって、結果的に王国南西部は救われたのだ。まずは礼を言うべきだったな」

「滅相もございません。私のような若輩者が王国のため、南西部の皆様のために貢献できたのであれば、望外の喜びです」

さすがは貴族閥をまとめる盟主と言うべきか、ガルドウィン侯爵は個人的な好き嫌いと貴族家当主としての立場を分けて考えることができる人物のようだった。内心で彼をそのように評しながら、ノエインは人好きのする笑顔を作る。

「そうだ。せっかく北西部の若き英雄と知り合えたのだから、南西部の若き英雄も紹介させてほしい……ロズブローク卿！　こっちへ来てくれ」

ガルドウィン侯爵が呼びかけたのは、先の式典でノエインも見かけた、深紅の髪の偉丈夫。今回の宴で、ノエインが憎き父の次に気になっていた人物だった。

「ケーニッツ卿、アールクヴィスト卿。これは南西部閥の一員であるヴィオウルフ・ロズブローク男爵だ。此度の戦争では、要塞地帯の前線にあるローバッツ砦を、土魔法を駆使して守り抜くという戦功を挙げた。その戦功を陛下より認められたことで、陞爵を果たしたのだ。アールクヴィスト卿と同じようにな」

「……お初にお目にかかります。ロズブローク男爵ヴィオウルフです」

正面から顔を合わせたヴィオウルフは、見たところ二十代前半ほど。ノエインほどではないが、まだ若い男だった。

華々しい戦功や恵まれた体格とは裏腹に、大人しそうな雰囲気の人物だった。

「ロズブローク卿、彼はノエイン・アールクヴィスト準男爵だ。卿と同じく、前線の砦を守り切った英雄だ」

「存じています。昼間の式典の際、待機室で見かけました」

ヴィオウルフもノエインに見覚えがあったようで、ガルドウィン侯爵よりノエインを紹介された彼はそう答えた。

「初めまして、ロズブローク男爵閣下。閣下のご活躍は私も聞き及んでおります。お会いできて光栄です。この度は陞爵おめでとうございます」

「……ありがとうございます。私も卿の名と戦功は存じています。陞爵おめでとうございます」

ヴィオウルフと握手ができる距離まで近づくと、小柄なノエインは大柄な彼を見上げるような格好になった。ノエインの言葉に、彼は呟くように答えた。

「この通り、ロズブローク卿はどちらかというと寡黙な男でな。このような社交の場があまり得意ではないのだ。アールクヴィスト卿は歳《とし》も近かろう。どうか仲良くしてやってくれ」

ガルドウィン侯爵はそう言って、自身はジークフリートと話し始める。

ノエインはあらためてヴィオウルフと顔を合わせると、笑顔を作る。

「閣下は稀代の土魔法使いなのだそうですね。何でも、ほぼ独力でローバッツ砦の防衛を果たされたのだとか。同じ魔法使いとして感服いたします」

すると、ヴィオウルフは微苦笑を零《こぼ》して首を横に振った。

「世間での私の武勇伝は、少し大げさです。砦を守り抜くことができたのは、共に戦った兵士たちの力があったからこそ。確かに私は土魔法の才と膨大な魔力を持っていますが、それだけで砦ひとつを守り抜くことはできませんでした……卿は確か、傀儡魔法使いでしたか？」

「はい。私も魔法の実力には自信がありますが、やはり臣下や兵士たち、王国軍の方々と協力したからこそ勝利できました」

尋ねられて、ノエインはそう答える。

「そうでしたか。傀儡魔法で戦うという話は初めて聞きましたが、どのように？」

「ゴーレムは本来鈍重ですが、私は長年の鍛錬のおかげもあり、人間と変わらない機敏さで二体を同時に操作することができます。なのでゴーレムの怪力を活かし、敵陣に飛び込ませて暴れさせました」

「……なるほど、暴れさせる」

ノエインの話を聞いたヴィオウルフは、少し楽しそうに笑う。

「土魔法で戦うというのも、どちらかと言えば珍しい話かと思います。閣下はどのように？」

「埋めました。迫りくる敵を一兵でも多く。土塊《つちくれ》を生み出して、あるいは地面を掘り返して」

「なるほど。それは確かに強力そうな攻撃方法ですね」

ノエインは自分と同じ若き英雄の魔法使いと、しばし語り合う。

「――ガルドウィン閣下も仰っていましたが、私は本来は社交の場が苦手でして」

「お気持ちは分かります。私も、こうした賑《にぎ》やかな場に出るよりは、自領に籠って穏やかに過ごすのが好きです」

「卿もですか。私も自領にいるのが好きです……本当は、この土魔法の才も戦いより農業に活かしたいと思っています」

「何かを壊し傷つけるより、作り生み出すことに魔法を使いたいというのは同感です。私も普段は専ら、領地の開拓作業に傀儡魔法を使っています。我が領は開拓が始まってまだ数年の新興領地ですので」

ヴィオウルフも寡黙なりに会話に応じてくれるので、初対面の雑談はそれなりに盛り上がる。年齢も、そしてどうやら感性も近く、戦功を挙げて目立ちながらも本音では静かに領地に籠っていたい魔法使い同士、共通の話題が多いことが幸いした。

ノエインはこれまでの人生で歳の近い友人などいたことがなかったが、ヴィオウルフとならばあるいは、同年代の友人という立場になれるのかもしれない。そう思った。

「ロードベルク王国国王オスカー・ロードベルク三世陛下、王妃イングリッド・ロードベルク殿下のご入場！」

そのとき、儀礼官の声が響き渡る。

ノエインとヴィオウルフは雑談を止め、他の貴族たちも全員が一旦黙り、大広間の前方を向く。

「皆、面を上げてくれ」

王妃を伴って登場した国王オスカーは、一斉に片膝をついて首《こうべ》を垂れた貴族たちに向かって呼びかける。大広間の前方、一段高い壇上に立って貴族たちを見回すと、儀礼官から渡された黄金の杯を掲げる。

「今宵《こよい》は勝利の宴。めでたい席である。貴族閥同士のしがらみもひととき忘れ、我が国の勝利と、その勝利に貢献した英雄たちの活躍を存分に祝おうではないか。皆、気を張らずに楽しめ。大いに語らい、そして飲むのだ！」

　オスカーが杯を掲げると、貴族たちもそれに応えて各々が手にしていた杯を掲げる。

　それまでも貴族たちは思い思いに語らっていたが、オスカーによるこの開会宣言からが、一応は正式な宴の始まりとなる。

「ノエインよ、ついてこい。レオノールとクラーラとも合流し、国王陛下のもとへ挨拶に行かなければ」

　アルノルドに言われ、ノエインは頷く。

「分かりました……それではロズブローク卿、またいずれ。お会いできて良かったです」

「私もです。それではまた」

　ヴィオウルフと言葉を交わして別れたノエインがアルノルドについていくと、国王オスカーの座る玉座の前には、既に多くの貴族が並んでいた。今はちょうど、エドムント・マルツェル伯爵がオスカーと王妃イングリッドと挨拶を交わしていた。

「……あれほど明るい表情のマルツェル閣下は初めて見ました」

　機嫌良さそうに国王夫妻と話すエドムントを見て、ノエインは思わずそのような感想を零す。

　ノエインの記憶の中では、エドムントはいつも厳格そうな、言い方を変えれば不機嫌で頑《かたく》なそうな顔をしていた。笑顔で談笑する彼を見るのは新鮮だった。

「マルツェル閣下にとって、先の戦争は待望の国家規模の大戦だったからな。大きな戦功を挙げてみせ、国王陛下より褒賞を賜ったことで、名実ともに北西部随一の武人となったわけだ。上機嫌になるのも当然だろう」

ロードベルク王国の建国当時から武門の名家として知られるマルツェル伯爵家だが、貴族閥同士の本格的な紛争もなくなった現在は、その領地の位置もあって派手な戦功を挙げる機会に恵まれなくなった。

現当主エドムントは魔物討伐や盗賊退治、偶《たま》に起こる他派閥との喧嘩のような小競り合いで着実に小さな戦功を重ねていたものの、これと言うべき大戦果は持っていなかった。

何年か前には、社交の場で他派閥の貴族からそのことを揶揄《やゆ》されて「無敗の騎士」などと皮肉を言われ、殴り合いの騒動になったこともあるという。

そんな中で彼は、ようやく大きな戦争に参加する機会を得て、さらには誰から見ても文句なしの戦功を挙げた。武門の当主としての悲願を達成したその喜びは、他の貴族の比ではないはずだとアルノルドは語る。

「なるほど。そういうことであれば、マルツェル閣下の喜びようも理解できます」

強き武人の少し意外な表情を眺めながら、ノエインは呟いた。

マルツェル伯爵の後にも上級貴族たちによる国王夫妻への挨拶が続き、ようやくノエインの番が来る。

レオノールに連れられたクラーラと合流したノエインは、義父母に送り出され、国王夫妻の前に進み出て一礼した。

「国王陛下、並びに王妃殿下。こうして王家主催の宴に出席する機会を賜りましたこと、あらためて感謝申し上げます。王国貴族としては新参者の身でありながら、このような場に立てることは望外の喜びです」

ノエインは努めて落ち着いた声色で語る。隣で頭を下げるクラーラがひどく緊張しているのが、空気で分かった。

「そう堅苦しく話さずともよい。面を上げてくれ」

オスカーの言葉を受けて、ノエインとクラーラは顔を上げる。

「アールクヴィスト準男爵。此度の大戦での働き、誠に大義であった。この国の君主として、あらためて称えよう……自領の開拓を始めてまだ数年の若き貴族だというのに、見事なものだ」

「過分な評価をいただき恐縮です、陛下」

式典のときよりも一段くだけた雰囲気で言葉をかけるオスカーに、ノエインは微笑を浮かべて答える。

オスカーは鷹揚《おうよう》な態度だったが、その隣に座る王妃イングリッドは、少しばかり不愉快そうな表情を見せていた。

「陛下、何故この者は獣人の奴隷をこのような場に連れているのですか？」

彼女が露骨に眉を顰《ひそ》めながら視線を向けたのは、ノエインとクラーラの数歩後ろで目を伏せて控える二人の護衛、そのうちノエインの傍に立つマチルダだった。彼女はダントと共に気配を殺しているが、それでもその頭から生えている兎耳《うさぎみみ》は目立つ。

「前に話しただろう。北西部閥で最近頭角を現しているという、変わり者の新興貴族のことを。それがこのアールクヴィスト準男爵だ。獣人奴隷をどこへでも連れ回しているという話も、確かお前に聞かせたはずだが」

「……そう言われれば、そんなこともありましたね」

まだ怪訝《けげん》な表情を崩さず、イングリッドは夫に答える。

王妃イングリッド・ロードベルク。年は国王オスカーより三つほど下で、王国の北端にある公爵家からオスカーのもとに嫁いだ女性。ノエインは頭の中で、彼女についての概要をそのように思い出す。

「若者、そして変わり者。昔から世に変革をもたらすのはこのどちらかだと決まっている。アールクヴィスト卿は、その両方の性質を備えた人材というわけだ。大戦でも、内政の面においても大きな功績を残し、それをもって王国社会への貢献と王家への忠誠もしっかりと示した。この類まれな才覚を発揮する上で、類まれな変わり者である必要があったというのならそれもまた良し。別に悪ふざけをしているわけでもないのだから、社交の場に獣人奴隷を連れているくらいは何と言うこともなかろう」

そう言いながら玉座の背にもたれるオスカーの振る舞いはやや大仰で、ノエインの目にはやはり少し芝居がかっているようにも見える。

「私も新進気鋭の王などと言われる身。若き王国貴族たちと共にこれからの時代を作っていくのが楽しみだ。私は国王として、アールクヴィスト卿のような変わり者の若者をロードベルク王国の貴族社会に歓迎するぞ」

「陛下がそう仰るのであれば、私もこれ以上何も言いませんわ。アールクヴィスト卿、私も王妃として、あなたの今後の活躍に期待していますわ」

いかにも典型的な上流階級の婦人だが、夫である国王との仲は良好。最近は国王の影響を受けてか、開明的な考えへの理解を示すようになってきたらしい。アルノルドから聞いた彼女の噂を思い出しながら、ノエインは慇懃《いんぎん》に頭を下げた。

「王妃殿下より直々に激励のお言葉をいただきましたこと、感激の極みにございます。まだまだ未熟な身ではありますが、王国貴族の末席に名を連ねる身として、ご期待にお応えできるよう微力を尽くしてまいります」

奇異な振る舞いとは裏腹に紳士的な返答をしたノエインに気分を良くしたのか、イングリッドは笑みを浮かべながら、次にクラーラの方に視線を向けた。

「それにしても、アールクヴィスト卿は可愛《かわい》らしい夫人を連れているのですね」

「確か、夫人はケーニッツ子爵の娘だったか。去年結婚したばかりと聞いているぞ」

オスカーの言葉を聞いたイングリッドは、そこで合点がいったような顔になる。

「そういえば、ケーニッツ卿の末の娘が下級貴族に嫁いだという話を聞いていました。その嫁ぎ先がアールクヴィスト家だったのですね。ケーニッツ卿がアールクヴィスト卿を陛下の御前に連れてきたのは、彼が単なる後ろ盾ではなく義父だからですか。納得しました」

北西部閥の重鎮と姻戚になった下級貴族と、目の前の若き変人。そこが結びついたことで、イングリッドの中でもノエインの得体が知れたようだった。

「アールクヴィスト夫人。アールクヴィスト卿との仲は良好ですか？」

「は、はい。夫にはいつも優しく接してもらっております。私はまだ貴族の妻として至らぬ点が多くありますが、少しでも夫の助けになることができればと、日々努めております」

「あらあら、可愛らしいですね。私が嫁いだばかりの頃を思い出すわ。私にもこんな初心《うぶ》な頃がありましたね、陛下」

「今となっては遥か昔のことのようだがな」

オスカーがそんな軽口を叩《たた》き、イングリッドもそれに笑う。政略結婚による夫婦ではあるが、仲が良いという話は本当らしかった。

「私にとっての王妃もそうだが、為政者にとって伴侶の存在は大きな支えになる。二人とも、これからも仲睦《むつ》まじくあれよ」

「はい、陛下」

ノエインはそう答えてオスカーに一礼し、クラーラもそれに倣う。

「卿が戦功の褒美として求める要望についても、ラグナル――軍務大臣のブルクハルト伯爵から聞いている。あの程度であれば問題なく叶えてやれるから安心しておけ。その件についてはまた後日話そう……以上だ。引き続き宴を楽しめ」

こうして、ノエインの国王夫妻への挨拶は、それなりの成功で終わった。


その後はアルノルドとレオノールの国王夫妻への挨拶が終わるのを待ち、ノエインは再びクラーラと分かれ、アルノルドと共に貴族たちとの挨拶に臨む。

今回は宮廷貴族や他派閥の貴族たちに、この機会を利用して顔と名前を覚えてもらうのが主な目的。総勢で二百人を超える出席者の全てに挨拶をすることは叶わないが、それでもできる限り多くの者――優先的に顔見知りになっておくべきとアルノルドが判断した相手と、ノエインは挨拶を交わしていく。

宮廷貴族と領主貴族、そして各地方の貴族閥同士は対立することも多いので、挨拶は表面的なものに終始するが、それでも相当の数をこなすうちに、ノエインは疲れ果てた。

「自分の結婚披露宴を思い出します。いえ、あのときよりも大変です」

「ははは、無理もない。だが我慢しろ。優先順位の高い順にできるだけ多くの貴族と顔を合わせておくのは、初めて王城の社交の場に顔を出した若手貴族の宿命のようなものだ」

料理の皿を手に小休憩をとりながらノエインが呟くと、アルノルドは微苦笑を浮かべながらそう返した。

挨拶それ自体も神経を使うが、今日初めて会った相手の顔と名前を一致させる作業を立て続けにこなしていくことが、何より大変だった。自分は物覚えが良い方だと思っているノエインも、挨拶した全員の顔を明日まで憶《おぼ》えていられる自信はなかった。

大広間の反対側では、レオノールに連れられたクラーラも貴族夫人や令嬢たちを相手に同じ苦労をしているのだろう。そう思いながら料理をワインで流し込む。高級な料理もワインも、味はいまいち分からない。

「さて。そろそろあのお方のもとに行くか？」

「……っ」

アルノルドに言われた瞬間、ノエインは今までの疲れも忘れて顔を上げる。

あのお方。マクシミリアン・キヴィレフト伯爵。アルノルドが視線を向けている先をノエインも見ると、そこには憎き父がいた。

こちらが見ていることに気づいていないのか、気づいていながら意図的に目を逸《そ》らしているのかは分からないが、彼はこちらを見ることなく他の貴族たちと何やら談笑していた。

「はい、是非。キヴィレフト伯爵閣下は、王国南東部でも屈指の大領を治める偉大なお方だと聞いていますから。優先的にご挨拶をするべき相手だと思います」

ノエインが笑みを浮かべて言うと、アルノルドは微苦笑する。

「分かったから、せめてもう少し穏やかに笑え。感情が少し顔に出ているぞ」

「おっと、これは失礼しました」

すぐに表情を取り繕い、人好きのする完璧な笑みを顔に張りつけたノエインを見て、アルノルドは小さく息を吐いて頷く。

「まあ、それで良かろう……では、行くぞ」

歩き出したアルノルドに、ノエインも続く。

いよいよだ。いよいよ、憎き父と対面する。正面から対峙《たいじ》し、言葉を交わす。

復讐《ふくしゅう》を次の段階に進める。

胸が高鳴るのを感じながら、ノエインは歩く。


「キヴィレフト卿？　何やら心ここにあらずといったご様子ですが、大丈夫ですかな？」

談笑していた相手――商業面で繋がりの深い北東部貴族の男から尋ねられ、マクシミリアンは一拍遅れて口を開く。

「……ん？　ああ、これは失礼。どうやら王都への移動で溜《た》まった疲れがまだ少し抜けていないようで。まったく、年は取りたくないものですな」

努めて平静を装って答えると、ワインの杯をあおる。

マクシミリアンは何とか動揺を隠しながらこの場に立っているが、その内心は穏やかではなかった。それも全て、ノエイン……今はアールクヴィストという家名を得ている、血縁上の息子のせいだった。

未開の森と名前ばかりの爵位を押しつけられ、持て余し、領地開拓に失敗して野垂れ死んでくれたら。そんな願いに反して、ノエインが健在であることはマクシミリアンも知っていた。

アールクヴィスト領産のラピスラズリは一部が王国南東部にまで流れてきており、最近では国外にまで輸出されていると、傘下の商人どもから聞いている。

予想外のことではあったが、それもまた仕方なかろうと、マクシミリアンは思っている。ノエインの方も分をわきまえ、自分の出自を言いふらすようなことは当然していない。このまま王国の真反対の辺境でささやかな成功に満足してひっそりと生きているのなら見逃してやってもいいと思っていた。

しかし、ノエインの成功はそれだけではなかった。マクシミリアンが王城の宴のために王都まで出てきて、知り合いの宮廷貴族どもと話したところ、なんと南西部国境での大戦の功労者の一人に、ノエインの名があった。

さらに詳しく聞くと、ノエインは大戦で目覚ましい戦功を挙げて国王から直々に褒賞を賜り、陞爵まで果たしたという。

大戦の功労者。今宵の宴における主役の一人。ノエインは当然のように、宴の場にやって来た。

実父と鉢合わせすることは分かっていたであろうに。

ノエインは極めて目障りな存在だが、幸か不幸か馬鹿ではない。自分がマクシミリアン・キヴィレフトの庶子であることを宴の場で考えなしに吹聴《ふいちょう》し、安易にキヴィレフト伯爵家を敵に回すようなことはしないだろう。

そうと分かっていても、やはり不安なものは不安だった。自分の醜聞の生き証人が同じ宴の場にいると分かっていて、それをまったく気にせず酒と社交を楽しめるほど、マクシミリアンの神経は太くなかった。

心ここにあらずであることがなるべく分からないよう、マクシミリアンは表向きは冷静に、他の貴族たちとの談笑をこなす。

「父上！」

そこへ寄ってきたのは、マクシミリアンの息子――庶子ではなく、正妻との間に生まれた嫡男であるジュリアンだった。

齢《よわい》は十六。昨年成人したこともあり、王城での社交を経験させてやろうと連れてきた嫡男は、何やら楽しそうな顔でのんきに笑っている。

「……おお、ジュリアン。楽しんでいるか？」

「はい！　先ほどまで、若い宮廷貴族の方々と語らい、友好を深めていました」

「そうか。それは良いことだ」

ジュリアンはマクシミリアンから見ても賢くはないが、良くも悪くも物怖《ものお》じしない性格で、まだ少しあどけない部分もあるために、相手に好印象を与えやすい。

その質を活かして宮廷貴族に積極的に話しかけ、知り合いを増やすというのは悪くない立ち回りと言える。

案外、自分の嫡男には社交の才能が幾ばくかあるのではなかろうか。そんなことを考えて少しだけ機嫌が持ち直したところへ――それをぶち壊しにする不安の元凶が寄ってきた。

「失礼、キヴィレフト伯爵閣下。ご無沙汰しております」

そう話しかけてきたのはノエインではなく、彼を連れたアルノルド・ケーニッツ子爵だった。北西部で有力貴族として知られる子爵とは、マクシミリアンも一応面識はある。

そのケーニッツ子爵の後ろに立つノエインは、一見すると無害な若者のような顔をしていた。

「……これはこれは、ケーニッツ子爵ではありませんか。久しぶりですな」

マクシミリアンは動揺を隠し、平然とした表情で答える。

その横に立つジュリアンは、ケーニッツ子爵と、その後ろに立つノエインを見てもなお無反応だった。幼い頃から庶子のノエインとほとんど顔を合わせたことがなかったので、成長したノエインの顔を見ても気づかないらしかった。

しかし、ノエインの後ろにひっそりと立つ護衛――元はキヴィレフト伯爵家の所有物だった兎人の奴隷が視界に入ったところで、ジュリアンの目の色が変わる。

「なっ！　お前――」

「ところで、そちらの若い貴族はどなたかな？」

声を上げようとしたジュリアンの肩を摑《つか》み、その手に力を込めて黙らせながら、マクシミリアンは言った。

表向きは初対面ということになっている貴族の護衛に対し、いきなり「お前」呼ばわりをするなど言語道断。こいつは馬鹿か、と内心で嫡男に落胆しながらも、マクシミリアンは表情だけは穏やかに保つ。

「紹介します。これはノエイン・アールクヴィスト準男爵。つい昨年に私の末の娘と結婚し、私から見れば義理の息子となりました。領地開拓を軌道に乗せ、先の大戦でも大きな戦功を挙げた、王国北西部において新進気鋭の若手貴族です」

「なるほど、そうでしたか……北西部の重鎮たるケーニッツ卿の義息に会えるとは光栄だ。初めまして、アールクヴィスト準男爵」

「お初にお目にかかります、キヴィレフト伯爵閣下。伝統ある大領をお治めする閣下にお会いできましたこと、大きな喜びです」

互いに抱えている憎しみを微塵も表情に出すことなく、マクシミリアンはノエインと握手を交わす。そのとき一瞬だけ、互いの手に力が込められた。

父の対応を見て、表向きは自分たちとノエインに面識がないことになっているとジュリアンもよ

うやく思い至ったらしく、納得した様子で黙る。

ノエインにアールクヴィスト領を押しつけて放逐した件は、以前にジュリアンにも伝えてある。今回はジュリアンとノエインをなるべく対面させないつもりでおり、賢くない嫡男が下手な行動をとらないようノエインが来ることも話していなかったが、こうなるのであれば事前に言い聞かせておくべきだったかもしれない。

マクシミリアンはそう思ったが、今さら遅かった。

「……そうか。我が領のことも知ってくれているか。ありがたい話だな」

「もちろんです。王国でも屈指の豊かさを誇るというキヴィレフト伯爵領については、私もよく存じております」

端から聞いてもそうと分からないようにマクシミリアンが皮肉を零すと、ノエインも皮肉で返してくる。

「だが、私もアールクヴィスト士爵領の名は聞いている。おっと失礼、今は既に準男爵領だったな……何でも、王国北西部の端の端にある自然豊かな領地で、特産品のラピスラズリは見事な質を誇っているとか。内政だけでなく、大戦で戦功まで挙げるとは大したものだ」

マクシミリアンは「自然豊かな領地」に精一杯の悪意を込める。森ばかりが広がる田舎領地であると、遠回しに馬鹿にする。

「私の領地や功績など、キヴィレフト閣下とは比較するのもおこがましいほどに小さなものです。

後ろ盾もなく資金も足りない状況から、小領の開拓を数年かけてなんとか軌道に乗せたという自負はありますが、まだまだ力不足の身です」

マクシミリアンとノエインの会話は、事情を知らない他人が聞けばよくある貴族の社交辞令の応酬だが、実質は皮肉の応酬だった。

「ところで……そちらの方はもしや、閣下のご嫡男でいらっしゃいますか？」

そう言って、ノエインはジュリアンに視線を向けた。

マクシミリアンとしては、下手に口を開かせるとどんな失言をするか分からない嫡男には喋《しゃべ》らせたくなかった。しかし、言及されたとなれば無視するわけにもいかない。

「……ああ、私の一人息子のジュリアンだ。昨年成人したばかりでな。王都での社交にも参加させてみようかと思い、今回こうして連れてきた」

紹介しながらマクシミリアンがジュリアンの方を見ると、それまで無言を貫いていた彼は、自分が話題にされるやいなや目を泳がせながら助けを求めるように父親を見返した。ノエインを相手に、初対面という体で無難に話せる自信がないらしかった。

我が嫡男ながら実に頼りない。ため息を吐《つ》きたい衝動をこらえながら、マクシミリアンは挨拶を返すよう視線でジュリアンに促す。

「じゅ、ジュリアン・キヴィレフトです。以後おみ、お見知りおきを」

ようやく口を開いたジュリアンの笑みは硬く、声は上ずっていた。人目がなければ頭に拳骨《げんこつ》を落としてやるところだと、マクシミリアンは思った。

「ジュリアン殿、こうしてお会いできて嬉しく思います……キヴィレフト伯爵閣下のご長男のお噂は、かねがね聞いております」

「そ、そうなのですか？」

ノエインの言葉に、ジュリアンは小さく目を見開いて驚く。その反応を見て、ノエインはにっこりと笑いながら頷く。

「ええ、もちろん。とても聡明なお方で、王国の未来を担う新進気鋭の若手貴族として注目を集めているのだとか。既に初陣も済ませ、勇猛さを示したと、貴族社会でも話題になっています」

「い、いやあ、そんな。ははは……」

「……」

手放しの称賛の言葉を次々にくり出されて、ジュリアンはまんざらでもない様子だった。

その隣で、マクシミリアンは微笑を保ちながら、内心は煮えたぎるような怒りに満ちていた。愚かな嫡男を今この場で殴り飛ばし、そのまま何度も殴りつけて折檻《せっかん》してやりたい気持ちを、拳に力を込めながら必死でこらえていた。

何故気づかない、と内心で愚かな嫡男に問いかける。

ノエインは最初にジュリアンのことを「ご嫡男」と呼び、今はマクシミリアンの「ご長男」の話をしている。

マクシミリアンの長男とは誰のことか。ジュリアンではない。ジュリアンはマクシミリアンの嫡男だが、順番で言えば長男ではない。この世で最初にマクシミリアンの血を引いて生まれたのは、他ならぬノエインだ。

つまりノエインは、ジュリアンを褒めるふりをして自分自身を褒めている。ただ自画自賛をしているのだ。

それなのにジュリアンは、この会話のからくりにまったく気づいていない。本来は父親を見習って憎み嫌うべき庶子を相手に、自分が馬鹿にされているとも思わず、逆に褒められていると勘違いして照れている。

これではまるで道化だ。どうしようもない間抜けだ。

「……ごほんっ」

ノエインの後ろで、アルノルドが横を向いて咳払《せきばら》いをした。ノエインの言葉のからくりに気づき、笑いをこらえたらしかった。

「本当に、閣下のご長男は大変な才能がおありだと、王国北西部の貴族の間でも話題になっています。噂では、国王陛下までもがご長男の活躍に関心をお持ちだとか」

「ええっ？　そ、そんなにですか？」

「……」

この期に及んでまだのんきに笑うジュリアンを前に、マクシミリアンは微笑を堅持しながらも、目だけは笑っていなかった。感情を表に出すのは良くないと思いつつ、凍《い》てつくような目で嫡男を見据えていた。

ここまで言われて、何故ノエインの褒め方がおかしいと気づけない。

マクシミリアンはこれまでに、ジュリアンを何度か南東部閥の社交の場に出した。ジュリアンが成人を迎えた昨年には、その記念として、箔《はく》をつけさせるために東のパラス皇国との紛争に赴かせた。名目上はジュリアンがキヴィレフト伯爵領の部隊の指揮官だったが、実務を担ったのは領軍の士官だ。

今までジュリアンが社会の表舞台に出たのは、ただそれだけ。たったそれだけで国王の覚えがよくなったり、名声が遠く北西部まで届いたりするわけがない。

本当にそれほどまでに名を知られたいのであれば、それこそノエインのように真の功績を示すしかない。認めるのは癪《しゃく》だが、その点ではノエインはジュリアンに圧勝している。

そんなことも理解できず、ジュリアンはこの様だ。笑い声ひとつ、言葉ひとつを発するたびに自分の顔に泥を塗り重ね、しかしそうとは知らず喜んでいる。

ジュリアンはまだ気づかない。本当に、同じだけ自分の血を受け継いでいる息子でありながら、庶子と嫡男でどうしてこれほどまでに頭の出来に差がついたのか。呆れや怒りを通り越して、泣きたくなってくる。

「私も若い貴族として、閣下のご長男を模範としなければと思っております」

「へ、へへへ。そこまで言われると、私も――」

「アールクヴィスト卿」

これ以上は一瞬たりとも聞いていられない。このままでは胸糞《むなくそ》悪さで酒と料理を吐いてしまいそうだ。そう思いながら、マクシミリアンはノエインとジュリアンの会話に口を挟む。

「今日はこうして卿と知り合うことができてよかった。今後また会うことがあればよろしく頼む。紹介してくれたケーニッツ卿にも感謝する」

少々強引に会話を打ち切ろうとするその言葉に、ノエインは少し驚いた様子で片眉を上げる。そして、わざとらしいほどに整った笑みを見せる。

「高名なキヴィレフト閣下とそのご嫡男とお近づきになれましたこと、感謝申し上げます。またお会いできる日を心待ちにしております」

言葉の後半に若干の力を込めながら言うノエインに、マクシミリアンは微笑を返す。

「それでは閣下。失礼いたします」

ノエインが兎人の女奴隷を連れ、アルノルドと共に離れていくのを、マクシミリアンは微笑を貫いて見送った。

「父上」

隣から愚かな嫡男ののんきな声が聞こえ、マクシミリアンの微笑にひびが入る。

「あいつ、久しぶりに会って何を言うかと思えば、なかなか素直な態度でしたね。キヴィレフト伯爵家の権勢と僕のことをあれだけ称えるなんて。あいつは卑しい平民の血を引く男ですが、あそこまで態度をあらためて接してくるのであれば――」

「黙れ」

マクシミリアンは低い声で一言だけ発した。それに虚を突かれたのか、ジュリアンは驚いた表情で父の顔を見た。

「お前は今日はもう喋るな。何もするな。会場の外に出て、宴が終わるのを大人しく待っていろ」

冷え切った声で、マクシミリアンは嫡男に言い放った。あとひとつでも不愉快なことが重なれば、場所をわきまえず愚かな嫡男に怒鳴り散らしてしまいそうだった。

・・・・・

宴が終わったのは、夜も更けた頃だった。

貴族たちはそれぞれの屋敷や宿に帰り、ノエインも、妻や義父母と共にケーニッツ子爵家の別邸に戻る。

既に日付も変わろうかという時間だったが、ノエインはまだ眠くなかった。盛大な宴の余韻と、何より憎き父への小さな意趣返しを成した高揚感で目が冴《さ》えていた。

なので、つい先ほどまで気を張っていたためにまだ眠気が来ない様子のクラーラや、今日は夜更かしをするつもりらしい義父母と共に、お茶を飲みながら宴の感想を語らう。

「――僕がそこまで言ってもジュリアン殿は何も気づかないまま、とうとうキヴィレフト伯爵の方が僕たちの会話に口を挟んだんです。嫡男の鈍感さによほど耐えかねたのでしょう。あれはちょっと、強引すぎるやり方でした」

「確かに。端から見ても、会話を終わらせたいのが明らかな振る舞いだったな」

ノエインとアルノルドが宴での一幕を語ると、それを聞くクラーラとレオノールは顔を伏せ、笑いをこらえていた。

無理もないことだった。ノエインに翻弄されながらもそれにまったく気づかなかったジュリアンの有様は、道化以外の何物でもなかったのだから。

「その上でさらにキヴィレフト伯爵の前でご嫡男を虐めるのも可哀想《かわいそう》だと思いまして。僕も挨拶を終えて差し上げることにしました。僕たちがその場を離れる最後の瞬間まで、ジュリアン殿は……ふふっ、それはもう、少年のように無邪気な笑顔で、ふ、ふふふっ」

「おいノエインよ。思い出し笑いをしていないで、最後まできちんと話さないか」

「そんなことを言われても……だいたい、アルノルド様は挨拶の場で笑いそうになっていたじゃないですか。僕は一応最後まで我慢していたのに」

「それはお前、仕方がないだろう。キヴィレフト伯爵の嫡男の、あの間抜けな様を見て、笑わない者など……」

アルノルドもまた思い出し笑いの波に襲われたのか、口元を押さえて笑いをこらえる。こらえきれず、口元からくつくつと笑い声が漏れる。

「それはぜひ、私も直接見てみたかったですわね。ああ、でも私はその場にいて笑いをこらえる自信がないから、居合わせなくて正解だったでしょうか」

「私も……笑ってはいけないと思うと、余計に笑ってしまいそうなので、別行動をとっていて正解だったのかもしれませ……ふふふっ」

レオノールが語る横で、クラーラが笑い出す。

「あらあらクラーラったら、笑い方までアールクヴィスト閣下に似てきたんじゃないかしら？」

「だってお母様……」

「まあ、気持ちは分かるわ。その場の状況を想像しただけで……ほほっ」

とうとうレオノールまで笑い、部屋の中の誰も笑いをこらえきれなくなった。ノエインの後ろに控えるマチルダまでもが、一瞬だけ顔を背けて表情を隠す。

「きっと今頃、キヴィレフト伯爵は僕を逆恨みして復讐してやるなどと息巻いているでしょうが……それも叶わないと分かったらどのような顔になるのでしょうね。その顔を見られないことだけが残念です」

「大丈夫だ。陛下が事の結果をこちらに知らせてくださる際に、キヴィレフト伯爵の反応についても教えてくださることだろう」

ノエインの言葉に、アルノルドがそう返す。

ノエインも無策のまま、宴の場でマクシミリアンを煽《あお》ったわけではない。ただそのようなことをすれば、怒ったマクシミリアンから領地開拓の妨害を受けたり、最悪の場合は自身や周囲の者を害されたりする可能性もある。

なので、マクシミリアンがノエインとアールクヴィスト領の関係者に手を出せないよう、先手を打ってある。

戦功への褒賞として提示された、国王と会談して直接要望を伝える権利。それを用いることでマクシミリアンの逆襲を封じる。オスカーとの会談まではまだ数日あるが、ノエインの要望が認められることは、事前に話して既に確約を得ている。

後は待つだけ。たまらなく愉快な気分で、ノエインは宴の後の時間を過ごす。


同じ頃。キヴィレフト伯爵家の王都別邸に帰ったマクシミリアンも、妻と息子と共に宴の後の時間を過ごしていた。

「おのれえっ！　あのクソガキがあっ！　成人するまで食わせてやった恩を忘れたかあっ！」

使用人たちを遠ざけた居間で、マクシミリアンは怒鳴りながらテーブルに両の拳を叩きつける。

確かにノエインは、その振る舞いで一線を越えることはなかった。自身の出自、マクシミリアンとの関係を安易に吹聴するようなことは一切しなかった。

その代わりに、一線を越えない範囲では好き放題にやり散らかしていた。マクシミリアンの側もノエインに対して攻撃的な言動を為《な》せないのをいいことに、互いに越えられない一線の向こう側から散々に実父と異母弟を馬鹿にしてきた。

お手本のような社交用の笑顔を貼りつけ、ジュリアンを徹底的にこけにするノエインの顔が今も鮮明に思い出されて吐き気がする。反吐《へど》が出る。はらわたが煮えくりかえるほどに、あの庶子の顔が憎い。

「くそっ！　あいつを少しでもいい奴《やつ》だと思ってしまったなんて！」

マクシミリアンの前では、ジュリアンも怒りを露《あら》わにする。

「卑しい平民の血を引くノエインめっ！　姑息《こそく》で陰湿なクズ野郎めっ！　僕の気持ちを――」

「うるさい黙れえっ！」

そこへ、マクシミリアンはさらに大きな怒声をぶつける。キヴィレフト伯爵家を継がせる大切な嫡男ではあるが、今ばかりは、きいきいと喚《わめ》くその声がひどく癪に障った。

「私に恥をかかせたという意味ではお前も同罪だぞ！　この馬鹿息子があっ！」

「ひいいぃっ！」

マクシミリアンが手近にあった銅製の置物を取って振りかぶると、ジュリアンは情けない悲鳴を上げながら自身の顔を庇う。

マクシミリアンも最低限の理性を働かせ、息子に直撃はしないよう投げたので、置物は誰もいない床に飛び、鈍い音を立てながら転がった。

「何故少しでも、ほんの少しでも頭を働かせて振る舞えんのだお前は！　庶子に馬鹿にされながら喜ぶ嫡男を目の前にして、私がどれだけ情けなかったと思っている！」

「ち、父上、どうかお許しを！　お許しをおぉっ！」

ジュリアンに近づいて拳を振り上げたマクシミリアンだったが、彼が半泣きで座り込んで許しを請うのを見て、拳を静かに下ろすと深いため息をついた。

たとえどれほど愚かでも、ジュリアンは正妻との間に生まれた大切な息子。マクシミリアンにとっては唯一の、作ろうと思って作った正統な息子だ。

庶子と嫡男の頭の出来が逆ならどんなによかったかと思っても、この愚か者が自分の愛する嫡男であることは変わらない。愛息が泣いて怯《おび》えているのに、その頭を殴りつける気にはとてもなれなかった。

「まったく情けないわ！」

父と子の、ある意味では茶番とも言えるやり取りを見て、そう声を張ったのはマクシミリアンの妻ディートリンデ・キヴィレフトだった。

「社交の場に不慣れなジュリアンだけならともかく、あなたがついていたのにあの薄汚い雌豚の子供にいいようにやられて帰ってくるなんて！　私がちょっと離れていたらこの様なの!?」

「言うな、ディートリンデ！」

「何が言うなよ偉っそうに！　本当にあなたときたら、一体何年キヴィレフト伯爵家の当主をやっているのよ！」

せめて当主としての威厳を保とうとしたマクシミリアンの一喝に、ディートリンデはあっさり反撃する。マクシミリアン以上の剣幕で怒鳴り返す。

北東部のとある貴族家から嫁いできたディートリンデはマクシミリアンより二歳上で、とてつもなく気が強い。何か反論しようにも、彼女の言うように自分が情けない様を晒《さら》したのは事実である以上、マクシミリアンも返す言葉がない。

ノエインの母親が流行《はや》り病で死んだ後、ノエインを抹殺しないのなら離れに軟禁しておけと最初に言ったのはディートリンデだった。彼女はそれほどまでに、我が子より早く生まれた庶子を憎んでいた。

存在を思い出すのも不愉快な妾《めかけ》の子に、夫と息子がこけにされたと知って、彼女が苛立《いらだ》たないはずがなかった。

「母上、ごめんなさい……ぼ、僕のせいです。ごめんなさい……」

「あらジュリアン、あなたが泣いて謝ることなんてないわよ！」

ジュリアンが泣きべそをかきながら言うと、ディートリンデの態度は一変する。床に座り込んでいる息子のもとに駆け寄り、優しく抱きしめて頭を撫《な》でる。

「あの雌豚の子供に馬鹿にされて、守ってくれるはずのお父様もこんな情けない有様で、さぞ悔しかったでしょう。可哀想に……」

成人した我が子を幼子のように猫可愛がりする妻を見て、マクシミリアンは顔をしかめる。

ディートリンデの身体《からだ》の事情もあり、マクシミリアンと彼女の間にはジュリアンしか子供がいない。だからこそ彼女はたった一人の息子を溺愛している。

しかし、そのこともジュリアンが甘ったれの愚か者に育った一因となっている。

「あなた。このままこの子を馬鹿にされて、うちの家名に泥を塗られて引き下がるなんて、私は許容できませんよ。相応の報復をして、キヴィレフト伯爵家の名誉とこの子の誇りを取り戻してくれるのでしょうね！」

「お前に言われずとも分かっている！　あ奴には今夜のことを後悔させてやるとも！　あ奴が泣いて謝ってくるほどにな！」

一方的に馬鹿にされて、こちらが黙っているとは思わないことだ。マクシミリアンはそう考えながら、ノエインの顔を思い浮かべる。

いくらノエインが領主貴族として少しばかりの成功を収めたとはいえ、キヴィレフト伯爵家の権勢とは比較にもならない。逆襲の手段はいくらでもある。

例えば、せっかくノエインが僅かな供のみを連れて無防備に王都に滞在しているこの機を利用して、あいつが常に大事そうに連れている兎人の女奴隷に危害を加えるなど。

さて、何をしてやろうか。マクシミリアンは想像を巡らせながらほくそ笑む。

ノエインが既に先手を打っていることを、まったく知らずに。

・・・・・

戦勝を祝う宴の二日後。会って話したいことがあるから登城するようにと、国王オスカーよりマクシミリアンのもとに王命が届いた。

国王直々の命令とあらば、拒否する余地はない。マクシミリアンは王命に従い、その翌日には王城に出向いた。

通されたのは、貴族が非公式に王族と面会する際によく利用される一室だった。

「――そうか、南の大陸との貿易も相変わらず良好か」

「はい。南方の商人たちと我が領の大商人たちの結びつきはますます強まっております。貿易は今後さらに発展し、南の大陸との友好関係も深まっていくことでしょう」

マクシミリアンの到着から少し遅れて入室してきたオスカーは、ひとまずは挨拶がてらに、たわいもない雑談を振ってきた。マクシミリアンはそれに応じながら、用件は一体何だろうかと考えている。

「それは何よりだ。卿の尽力に感謝するぞ」

「陛下より直々にお褒めいただけますこと、至上の喜びにございます」

「だが、卿はやはり大商人を優遇しすぎるきらいがあると聞く。豪商たちと仲良くすることは確かに大事だが、弱き民たちのことも、できるだけ慈しんでやってくれ」

「はっ、御言葉《おことば》を心に留めて自領の運営に励んでまいります。民に対する陛下のお慈悲に、感服するばかりです」

自分より一回り以上も若い国王の言葉に、マクシミリアンは表向きは恭しく頭を下げる。そうしながら、しかし内心では、知ったような顔でこちらの領地運営に口を出してくる若造への苛立ちを覚える。

オスカー・ロードベルク三世。若く活力に溢《あふ》れた国王などともてはやされてはいるが、マクシミリアンに言わせれば、彼は君主として経験不足であることを聞こえがいいように誤魔化しているに過ぎない。

「……ところで陛下。畏れながら、本日は私にどのようなご用件がおありでしょうか？」

「ははは、自分から尋ねるほど気になるか」

マクシミリアンが我慢できずに尋ねると、オスカーは楽しそうに笑う。

「ああ、失礼いたしました。決して陛下を急《せ》かしているわけではなく……」

「よい。急に呼び出したのはこちらだからな。焦《じ》らすような真似《まね》をして悪かった……今日、この場へ卿を呼んだのは他でもない。卿の長男について話があるのだ」

マクシミリアンは嫌な予感を覚えたが、その予感が外れていることを祈りながら口を開く。

「……息子のジュリアンが何かありましたでしょうか？」

「嫡男ではない。卿の本当の長男……ノエイン・アールクヴィスト準男爵のことだ」

嫌な予感が当たっていたらしいことに落胆を覚えながらも、マクシミリアンは微苦笑を作る。

「畏れながら陛下。陛下もご存じでいらっしゃるかもしれませんが、あれとは数年前に縁を切っております。今後一切、親子としてあれと関わることはございません。あれとのことでどのようなお話がおありになるのか、私には想像もつきません」

不安が内心で増大していく中で、マクシミリアンはそう語る。

「そうか。では私から説明してやろう。まず、先の大戦で戦功を挙げた者たちに、褒賞として国王への要望や要請を直接伝える権利が与えられたことは知っているな？」

「はっ。聞き及んでおります」

「大戦果を挙げて陞爵を果たしたアールクヴィスト準男爵も、当然にこの権利を与えられ、一昨日に私と会談した。そこであの者が語った要望が、生家であるキヴィレフト伯爵家に関することだったのだ」

「……」

そろそろ冷静なふりを保つのが困難になり、マクシミリアンの表情に露骨な不安の色が浮かぶ。

額からだらだらと汗が流れてくる。

「……陛下。あれは我がキヴィレフト伯爵家について、一体何と？」

「何、そう不安げな顔をするな。大した話ではない。アールクヴィスト準男爵の望みは至極単純、キヴィレフト伯爵家からの保護だ」

ニヤリと笑い、オスカーは言った。

「ほ、保護、でございますか？」

「そうだ。保護だ……卿の黒歴史については私も知っている。当時は私はまだ成人前だったが、先代から聞いた。言わば黒歴史の証《あかし》である庶子をせっかく放逐して縁を切ったのに、それが貴族社会で頭角を現して目立ち始めたというのは、卿にとって面白い話ではなかろう。卿が心穏やかでないことは私も想像できるし、同情もする」

「……恐縮にございます、陛下」

額の汗をしきりに拭きながら、マクシミリアンは答える。

「だが、不安を覚えているのはアールクヴィスト準男爵も同じというわけだ。何せ、あちらは順調とはいえ領地開拓を始めたばかりの新興貴族で、卿は王国南東部でも随一の大貴族。本気で衝突すれば、アールクヴィスト準男爵が負けるのは明らかだからな。それは分かるだろう？」

「はい、理解できます」

「なればこそ、アールクヴィスト準男爵は王家に保護を求めたのだ。保護と言っても、何も難しい話ではない。キヴィレフト伯爵家がアールクヴィスト準男爵自身と、その家族や臣下と、領地と、領民を含む財産に一切の危害を加えない。その確約と確実な履行を求めるよう、王家から卿に命じてほしいというただそれだけのことだ……そうすれば準男爵の方も、卿やキヴィレフト伯爵家の不利益になる行動はとらないそうだ」

「……」

保護、という言葉に見合う妥当な要望だと、マクシミリアンは思った。内容は穏当なものだが、だからこそ要望が受け入れられる可能性も高い。

これなら、極端にキヴィレフト伯爵家を貶《おと》めるような無茶な要望をノエインが語った方がましだった。そうなれば、オスカーはノエインの行きすぎた要望を決して受け入れなかっただろう。

「私としては、アールクヴィスト準男爵は王国の未来のために重要視すべき逸材だと思っている。戦功をはじめ既にいくつもの功績を上げたあの者には、このまま順調に自領を発展させ、さらなる功績を上げてほしいと。王家として積極的に支援していくかはまだ分からない。だが、せめてあの者のゆく道のりが、他者に邪魔されることがあってほしくはないのだ」

「……では、陛下はあれの要望を受け入れられたということですか」

ここまで言われればさすがに分かる。マクシミリアンが呟くように言うと、オスカーは微笑をたたえて頷いた。

「その通りだ。アールクヴィスト準男爵家の、キヴィレフト伯爵家からの保護……というより、もはやこれは両家の政治的な相互不干渉だな。この約束が守られるよう、王家が間に立って協力することになった」

ため息を吐きたい衝動を、マクシミリアンはこらえる。

「卿には悪いが、これは決定事項だ。何、そう落胆することはあるまい。この件に関して、キヴィレフト伯爵家の直接的な損害など皆無なのだからな」

「……仰る通りです、陛下」

力なく答えるマクシミリアンを見て、オスカーは満足そうに笑った。

「卿の理解と協力に感謝する。一応、これは正式な誓約ということになるからな。王家とキヴィレフト伯爵家とアールクヴィスト準男爵家、その現当主の連名の誓約書を作らせてもらう」

オスカーがそう言うと、部屋の隅に控えていた文官がマクシミリアンの前に書類を差し出す。

誓約の内容が簡潔に記された、罠《わな》など仕込みようもない誓約書。同じものが三枚。既にオスカーとノエインの署名が記されたそれらに目を通し、マクシミリアンは自身の名を書く。とてもではないが、力強い筆跡にはならなかった。

「……」

今、ノエインの署名をインクでぐしゃぐしゃに汚し、この誓約書を三枚とも破り捨てたらどうなるだろうか、などと一瞬だけ考えたが、もちろんそんなことはしない。

マクシミリアンの署名が書かれた三枚の書類は文官の手によって回収され、一枚は筒に収められてそのままマクシミリアンの前に置かれ、残る二枚は運ばれていく。

「さて、これで誓約は成立した……キヴィレフト卿。今より、アールクヴィスト準男爵家に手出しはしないよう頼むぞ。直接的な攻撃はもちろん、疑わしい真似も控えてくれ。両家の間に立つと書面でまで誓った以上、何かあれば王家も本気で動かざるを得ないからな。どうか、王家に恥をかかせないでくれ」

「無論です、陛下。かつて我が息子であったアールクヴィスト準男爵に対する、陛下の慈悲の御心を無下にするような不敬な真似は、決していたしません」

諦念を抱きながら、マクシミリアンは即答した。

この上で誓約を破るなど、できるわけがない。各種の魔法を使う優秀な王宮魔導士たちや、実力と王家への忠誠心を兼ね備えた諜報員《ちょうほういん》たちの力をもってすれば、マクシミリアンがノエインを攻撃するためにどう動いたところで、王家に手がかりを摑まれる可能性が極めて高い。

ノエインが王都にいる間にあの奴隷に危害を加えるなどもってのほか。王家の膝元で下手に動けば、それこそ一発でばれてしまう。誓約書に署名した直後に誓いを破るようなことをすれば、王家への敬意なしと見なされ、王家が敵に回ってしまう。

さすがにアールクヴィスト準男爵家とのことだけで、大貴族家であるキヴィレフト伯爵家がいきなり取り潰されるようなことはないだろうが、報復はある意味でもっと酷《ひど》いかたちで行われる。おそらくは王家が、マクシミリアンの隠したい醜聞を広める。

アールクヴィスト準男爵はキヴィレフト伯爵の庶子であり、父親から縁を切られながらも独力で大成功していると。キヴィレフト伯爵はそれを妬んで嫌がらせをしようとし、失敗した哀れな間抜けであると。その圧倒的な情報網を駆使して言いふらすだろう。

そうなれば、初婚の前に妾や庶子を抱えるという過ちを風化させようと苦心してきた努力が水の泡になる。それどころか、さらなる醜聞を抱えてしまう。

その報復だけで国王の怒りが収まらなければ。王家を舐《な》めたマクシミリアンを徹底的に叩くと決意すれば。事態はさらに酷いものになる。王家が本気で手を回せば、キヴィレフト伯爵家の強みである経済力もじわじわと削られ、奪われる。そうなれば失うものは自らの人格的な評判だけでは済まない。

あまりにも危険な橋だ。個人的な恨みを晴らす代償としては大きすぎる。

「それならばよい……卿が今どれほど悔しい思いをしているかは、私には想像することしかできない。だが、あまり落ち込まないようにな。卿にとってアールクヴィスト準男爵は因縁のある相手だろうが、卿とあの者の領地は王国でも真反対の位置だ。普通に生きていれば、互いの存在を意識することさえほとんどなかろう。干渉し合うことなく、それぞれの領地で貴族としての責務を果たしながら、それぞれの人生を謳歌《おうか》すればよいのだ」

「……確かに、陛下の仰る通りですな」

マクシミリアンは力なく笑い、その口からは無意識にため息が零れた。国王の前でため息を吐くという少々みっともない振る舞いを、しかしオスカーは咎《とが》めることはしなかった。

「あらためて、私はキヴィレフト伯爵家の現当主としてここに誓いましょう。キヴィレフト伯爵家はノエイン・アールクヴィスト準男爵の生命と身体、その家族と臣下、領地と財産について、一切の危害を加えないと」

「その言葉を伝えれば、アールクヴィスト準男爵も喜ぶだろう……用件は以上だ。手間を取らせてすまなかったな。大したものではないが、土産も用意したから持って帰るといい。今回の件を話せば卿の家族も心穏やかではないだろうから、王家からの土産で機嫌をとってくれ」

寛大ぶった仕草が癪に障る若造。つい先ほどまでオスカーのことをそう思っていたマクシミリアンは、しかし今はオスカーの寛大さに完全に敗北していた。


王家からの土産――キヴィレフト伯爵領では手に入りづらい、王国北部の珍しい嗜好品《しこうひん》や工芸品などを持たされたマクシミリアンは、王城の来訪者用の出入り口前で待っていた伯爵家の馬車のもとに戻る。

王家の使用人たちの手で土産の積み込みが終わると、マクシミリアンは馬車の御者と護衛の領軍騎士たちを向いて口を開く。

「……今日は歩いて帰る。お前たちは先に屋敷へ戻れ」

「はっ？」

主人の突然の言葉に、護衛の部隊長が怪訝そうに言った。他の者たちも一様に驚いていた。

「し、しかし閣下」

「よい。王城内や貴族街ならば危険はない。護衛は不要だ。それに、うちの別邸までは大した距離ではない……だからお前たちは戻っていてくれ」

唐突な命令。いつもは大抵不機嫌そうな主人の、やけに優しい言葉遣い。異様な状況を前に、護衛たちと御者は顔を見合わせる。

「……それでは、承知いたしました」

そう言って、護衛の部隊長は馬を出発させる。他の護衛たちも、馬車を操る御者も後に続く。

本当に帰っていいのか。そう問いかけるように何度か振り返ってきた彼らを、マクシミリアンは一瞥《いちべつ》もしなかった。彼らを無視して、一人になったマクシミリアンは空を見上げた。

いい天気だった。秋空が清々《すがすが》しく、よく手入れのなされた王城の庭の木々を抜ける空気が心地よかった。

「……」

マクシミリアンはそのまま、しばし空をぼうっと眺める。王城の中ではあるが、大貴族のマクシミリアンが少々妙な行動をとったところで、わざわざ呼び止めて咎める者はいない。

「……はぁ」

気の抜けたため息がひとつ零れた。

今思えば、ノエインは国王オスカーに根回しをしておいたからこそ、晩餐会《ばんさんかい》であれほどまでに自分たちを小馬鹿にしてきたのだろう。当然と言えば当然だ。認めたくはないが賢《さか》しいあの庶子が、身を守る策を何ら講じずにあそこまで挑発してくるはずがない。

それなのに自分は、宴の後、ノエインに逆襲してやろうと家族の前で息巻いていた。大間抜けではないか。ジュリアンを怒れる立場ではない。

結局、自分たちは最初からあの庶子の手のひらの上で転がされていたのだ。親子揃《そろ》って道化だったのだ。

「……忘れるか」

マクシミリアンはぼそりと呟いた。

他にどうしろというのか。王家から、国王から直々に釘《くぎ》を刺されてしまったのだ。この上でノエインに何かしたら、キヴィレフト伯爵家がどうなるか分からない。家の財産や自分自身はもちろん、妻や息子がどのような目に遭うか分かったものではない。

いくらなんでも、個人的な憂さ晴らしひとつと引き換えに全てを失う覚悟はできない。あの庶子にそこまでしてやる価値はない。自分は、自分の家と家族は、自分の財産は、そこまで安いものではない。

それに、ノエインに手を出さなければ、あちらもキヴィレフト伯爵家との繋がりを吹聴しないと確約したのだ。王家が間に立った誓約だ。ノエインの側も破るはずがない。

ノエインへの逆襲の機会は失われたが、ノエインにこれ以上悪さをされる危険も排除したのだ。だからこれは引き分けと言っていいだろう。

そうだ、負けではない。あの庶子に負けてはいない。引き分けなのだ。

「そうだ、引き分けだ……負けてない、負けてないぞ……」

ぶつぶつと呟きながら、マクシミリアンは王城の門に向かって歩き出す。

国王の言う通りだ。お互い干渉しないのなら、ノエインなど既にこの世にいないも同然だ。そう思って生きるのが一番いい。心の安寧のためにもそれがいい。そうしよう。

領地に帰ろう。帰っていつものように傘下の商人どもから賄賂や土産物をもらい、屋敷で豪奢な家具や調度品に囲まれて高い酒を飲み、美味《うま》い飯を食おう。

愛《いと》しの妻……はしばらく相手にしてくれないだろうから、高級娼婦《しょうふ》でも抱いて憂さを晴らそう。

ノエイン・アールクヴィストのことは、もう忘れよう。

幕間一　歪な庶子の半生

HINEKURE RYOSHU NO KOFUKU-TAN

母が死んだ。あっけない最期だった。

王暦二〇五年の年明けから春にかけて、ロードベルク王国の南部で流行《はや》り病が広まった。

王国の歴史上で定期的に発生しているこの流行り病は、今ではある程度の対策方法も確立されていたために、過去の流行と比べると被害は少なかった。

人口およそ七万を数えるキヴィレフト伯爵領では、三千人ほどの感染者と、年寄りや子供、身体《からだ》の弱い者を中心に四百人強の死者が出ただけで済んだという。

しかし、その犠牲者の中にはノエインの母も――マクシミリアン・キヴィレフト伯爵の妾《めかけ》もいた。

発病者と触れ合うことで伝染《うつ》ると言われているこの病が領内でも流行し始めたとき、マクシミリアンは過剰なまでに屋敷の外との接触を絶った。

使用人たちにも職務上どうしても必要な場合以外の外出を禁じ、警備の人員も固定して屋敷に寝泊まりさせ、出入りの商人さえ門の前までしか近寄らせなかった。

そうして、マクシミリアンは自身と正妻、嫡子の安全ばかりに気を遣い、領内の流行り病の収束については領民たちの自主的な努力に任せて屋敷に引き籠ったのだった。

そんな中で、強欲で愚かな妾――ノエインの母は外出禁止の言いつけを破った。何度か屋敷を抜け出し、市街へと遊びに出て、どこかで流行り病をもらった。

健康な成人であれば必ずしも死亡率は高くないこの病で、しかし日頃から過度の飲酒と美食に耽《ふけ》り、ろくに身体も動かさずに暮らしていた彼女は、高熱が続いて体力を使い果たし、死んだ。

「死にたくない。どうして私がこんな目に。まだまだ楽しく暮らしていたいのに。私がどんな悪いことをしたって言うのよ」

ノエインが最後に会ったとき、母は熱にうなされながらそう言っていた。

この病を発症した者との直接的な接触は、病が伝染る最大の原因になる。なので普通は、特に死にやすい老人や子供を発症者には近づかせない。そのことをノエインが知ったのは、この流行の数年後、書物を読んでのことだった。

マクシミリアンは当然にそのことを知っていたはずなのに、「母親がお前に会いたがっている」と言って、今まさに流行り病で苦しむ妾の寝室にノエインを入らせた。おそらくは、病が伝染ってノエインが死んでくれたら幸いだと思っていたのだろう。

平時であれば庶子の死は「当主マクシミリアンが自分の都合で、血の繋《つな》がる我が子を始末したのではないか」という貴族社会での風評に繋がるが、ノエインが流行り病で死ねば、それは「不運だった」で済まされる。マクシミリアンにとってはまたとない機会だったのだろう。

しかし、神の気まぐれか、あるいは悪魔の悪戯《いたずら》か、ノエインは母に触れられさえしても病にはかからなかった。

「どうして私がこうなって、あんたが元気なままなのよ。あんたなんかが生きてて何になるっていうのよ。誰が喜ぶっていうのよ。おかしいじゃない」

母はそう言ってノエインの腕を摑《つか》んだ。恨みがましい、しかし高熱にやられて虚《うつ》ろな目でノエインを睨《にら》んだ。

「ごめんなさい、母上」

ノエインは表情をまったく動かさずに呟《つぶや》いた。今の弱々しい母はまったく怖くはなかったが、今まで彼女の機嫌を損ねてぶたれないようにと何度もくり返してきたこの言葉を、いつもの癖で口にした。

それが、ノエインが母と交わした最後の会話になった。

数日後に母は死に、遺体はすぐに火葬された。灰の埋葬はキヴィレフト伯爵家の正式な墓地ではなく屋敷の敷地の片隅で行われ、ノエインと、母と多少は親しかった数人の使用人、そしてマクシミリアンだけが、ささやかな葬儀に参列した。

母はマクシミリアンから見れば金遣いの荒い面倒な妾で、しかし立場を気にせず気楽に情を交わせる相手だったのだろう。その死に少しは思うところがあったのか、彼はどこか寂しげな顔をしていた。

その横顔を見て、ノエインは反吐《へど》が出る思いだった。

普通、親とは子を可愛《かわい》がって大切にするもので、しかし死んだ母と隣に立つ父が自分のことを可愛いとも大切だとも思っていないことは、九歳のノエインにもう分かっている。

・・・・・

母が死んでしばらく経《た》ったある日の朝、屋敷の端に位置するノエインの部屋に、メイド長がやって来た。

いつも不愛想なメイド長は、今日も不機嫌そうな顔で、冷たい視線をノエインに向けながら口を開く。

「旦那様のご命令により、ノエイン坊ちゃまのお住まいが変わることになりました。お荷物をおまとめください」

ノエインが一応はキヴィレフト伯爵家の血を引く子であるが故に丁寧な言葉づかいで、しかし敬意は一欠片《ひとかけら》さえも込めていない口調で、メイド長は告げた。

ノエインは子供ながらに、自分の置かれる状況の変化を察した。

この屋敷の中で暮らすことを許されていたのは、マクシミリアンの妾の息子という立場があったから。その妾――母も死んだ。どうやら自分は、この屋敷の中にはもう居場所がないらしい。そう悟った。

ノエインの私物はごく僅かなので、荷物をまとめる、というほどの準備も必要なかった。質は良いが見た目の地味な何着かの服を、こちらも生地はしっかりしているが地味な鞄《かばん》に押し込めると、ノエインはメイド長の後に続いて屋敷を出た。

屋敷を出て庭を進み、石壁に囲まれた敷地の隅の隅へ。屋敷に閉じ込められるように暮らしてきた運動不足の子供の足では、広い屋敷の敷地の隅まで歩くだけでも疲れる。

無駄に広大な庭の一角、人工的に造られた小さな林を抜けると、そこには小さな小屋があった。綺麗《きれい》な外観を見るに、物置の類ではなく、人が住むためのものだ。

「この離れが、今日からノエイン坊ちゃまのお住まいとなります。坊ちゃまがこの離れの外に出ることを禁じると、旦那様は仰《おつしや》っております。ご留意ください」

「……外っていうのは、具体的にはどこから？」

「この離れの扉から一歩も出るな、という意味です。離れの中と、木柵で囲まれた離れの裏庭までが、坊ちゃまが移動を許される範囲となります」

ノエインの質問に、メイド長は眉根を寄せながら、実に面倒そうな表情で答える。

「へえ……分かったよ」

ノエインは皮肉な笑みを浮かべて言った。どうやら自分はこれから、この小さな離れ小屋に閉じ込められるらしい。そう理解した。

屋敷の敷地の隅に位置する林の、その奥の奥に造られた離れ小屋に面倒な妾の子を隠してしまえば、父の心も穏やかになるのだろう。こんな敷地の隅など、当主はわざわざ訪れるはずもない。客人に見られることもない。

ずっと目にすることがないのならば、父にとって自分はいないことと同じだ。

それは完全に父の都合で、ノエインの気持ちなど一切考慮されていない。今までずっとそれが当たり前だったので、ノエインは今更何も言わない。

「だけど、普段の生活はどうすればいいの？　ご飯は？　身の回りのことは？　君が僕の面倒を見てくれるの？」

「いいえ」

わざと煽《あお》るような口調でノエインが言うと、メイド長はさらに眉間に皺《しわ》を寄せながら答える。彼女が答える前に小さな舌打ちが漏れたのを、ノエインは聞き逃さず、しかし何も言わなかった。

「旦那様は坊ちゃまのお世話係として、専属で奴隷を一人付けるよう仰いました。その奴隷をここへ連れてまいりますので、少々お待ちください」

メイド長はノエインの返事も聞かずに、林の中の小道を本館の方へと戻っていく。

一人になったノエインは、離れの外観を眺め、その周りを一周してみた。

扉のある側とは反対、裏手の方は木柵に囲まれており、その中がメイド長の言った「裏庭」らしかった。裏庭の広さは、離れの広さより少し広い程度か。

たったこれだけの広さの敷地から出るなとは。一体どれだけの期間、自分をここに閉じ込めるつもりなのだろうか。

父はよく「こんな不義の子を成人するまで食わせてやらねばならないのか」と嘆いていたので、おそらく自分は成人すると同時に縁を切られ、放逐されるのだろう。であれば、この離れに閉じ込められる生活は六年程度か。それとて、軟禁状態で暮らすには長すぎる時間だ。

今までの九年間も、屋敷の敷地から一歩も出ることを許されなかった。そこにきて、さらに劣悪なこの扱いだ。自分は成人するまでの間、外の世界を一目さえも見ることなく、あらゆる自由を奪われて暮らすのだ。自分は罪人ではないのに。何の罪も犯していないのに。

自分の背丈では向こう側がまったく見えない木柵を眺めながら、ノエインは憎悪にまみれた凶悪な笑みを浮かべた。それは九歳の子供が浮かべる表情では到底なかったが、ノエイン自身にはそんなことは分からない。

「ノエイン坊ちゃま」

そう呼ぶ声がして、ノエインは我に返ると離れの正面側に戻る。そこにはメイド長と――ぼろぼろの服を着て地面に座り込む、薄汚れた獣人の少女がいた。

痛んでぼさぼさになった黒髪から伸びる長い耳を見るに、種族は兎人《うさぎびと》。腫れた目元と痣《あざ》のある頬のせいで分かりづらいが、歳《とし》はおそらく十代半ばほどか。

「これが、ノエイン坊ちゃまの世話係となる奴隷です……ほら、礼をなさい」

メイド長はそう言いながら、足で兎人の少女の背中を軽く蹴る。蹴られた少女は前のめりに揺れ、地面に手をついてノエインに頭を下げた。

「食事は屋敷の本館から離れまでこの奴隷に運ばせるように。他に必要なものや欲しいものがあれば毎月渡す小遣いから用立てるように。何か用があればこの奴隷に手紙を持たせて本館の使用人に届けさせるように。今後は屋敷の本館には一切近づかず、身の回りの用は全てこの奴隷に言い付けるように。奴隷は好きなように扱ってよいが、殺してしまった場合はお前の生活費から奴隷の代金を差し引く。以上が旦那様からの言伝《ことづて》となります」

汚物を見るような目で兎人の少女を見下ろしていたメイド長は、その目のままノエインの方を向いて淡々と語る。

「それでは、以後はこの離れからは出ないよう、あらためてお願いいたします」

そして、やはりノエインの返事を聞くことはなく、林の中の小道を歩いて去っていった。

後にはノエインと、座り込んだままの兎人の少女だけが残る。

ノエインは屋敷の外に出たことはないが、一年だけ家庭教育を受けて字を読めるようになり、他にも屋敷にある書物を読んだり使用人たちの雑談を盗み聞きしたりしてきたので、社会のことも多少は知っている。ロードベルク王国、特にキヴィレフト伯爵領のある南部では、獣人がひどく迫害されているという知識はある。

だからなのだろう、ノエインの世話係となったこの兎人の少女は、とても酷《ひど》い扱いを受けてきたようだった。

ノエインは彼女に歩み寄り、彼女の前で膝をつく。九歳にしては小柄なノエインが膝をつければ、ぺたりと座り込んだ彼女と視線の高さはほぼ同じになる。

ノエインは彼女の痣と傷だらけの顔に手を伸ばし、

「……痛そうだね。可哀想《かわいそう》に」

優しい表情でそう言って頬を撫《な》でた。

・・・・・

ノエインは親の愛を知らずに育ったが、だからといって温かさの一切ない、完全に無味乾燥な九年の人生を送ってきたわけではない。

キヴィレフト伯爵家の屋敷の敷地から一歩も出ず、妾の子として冷遇され続けてきたノエインにも、少数ながら優しい者はいた。

例えば、まだ乳飲み子だった頃のノエインを世話した乳母。彼女はごく普通に、乳母として優しく接してくれた。その記憶がノエインには微《かす》かに残っている。ノエインが乳離れすると同時に、彼女は口封じのための金を渡されて遥《はる》か遠い貴族領へ移住させられたと噂《うわさ》に聞いているが。

他にも、ノエインに屋敷の外の話を色々と聞かせてくれた出入りの商人。大勢の人が行き交いながら暮らす外の世界とはどのようなところなのか、彼はまだ幼いノエインに語ってくれた。そのことが発覚してからは屋敷への出入りを禁じられたそうだが。

そして、「庶子とはいえ自分の長子が字も読めないのは情けない」というマクシミリアンの無駄なプライドのおかげで、ノエインが七歳のときに一年だけつけられた、年老いた家庭教師。

彼から読み書き以外にも人の何たるかを教えられたおかげで、ノエインはかろうじて人間らしさとは何かを知っている。その恩師は、今回の流行り病で残念ながら死んだと使用人たちが噂していたが。

これらの人々の善意を受け、字を覚えてからは書物でも様々な人の交流の物語を知って、他の存在を可愛がる、という感覚はノエインも今は理解している。

ノエインなりに、その感覚に基づいて行動したこともある。

例えば、冬に屋敷の裏口の隅で弱っていたリス。暖かい屋内に連れ込んでミルクや果実を与えたら回復の兆しを見せ、ノエインに懐くような仕草も見せてくれた。その後に異母弟のジュリアンに見つかり、いたずらで熱湯に沈められて殺されてしまったが。

例えば、巣から落ちて親鳥に見捨てられていたカラスの雛鳥《ひなどり》。こっそりと自分の部屋に連れ帰り、食事の残りを与えたら、ノエインを新しい親だと思ったのか大変に慕ってくれた。鳴き声でマクシミリアンの知るところとなり、「不潔な鳥を私の屋敷に持ち込んだ」と激怒した彼によって叩《たた》き殺されてしまったが。

それらのノエインが可愛がってきた存在と、目の前の兎人の少女は重なって見えた。

「……痛そうだね。可哀想に。もう大丈夫だよ。これから僕が可愛がってあげるからね」

なので、ノエインはそう声をかけて、彼女の頬を優しく撫でた。

しかし、腫れた頬に触れられるのは痛かったのか、兎人の少女はびくりと身体を震わせると、虚ろな、しかしどこか怯《おび》えたような目でノエインを見上げる。

その怯えたような目も、ノエインがかつて可愛がった生き物たちが、最初にノエインに向けた瞳を思い出させた。

彼女はこれまで接したリスや雛鳥とは違う。彼女は人だ。これだけ大きな生き物で、言葉も通じるのだ。

だからきっと、可愛がり甲斐《がい》もあるだろう。ノエインはそう考えた。

「さあ、僕たちの新しい家に入ろう」

ノエインはそう言って離れの方に向き直り、扉を開け、中を覗《のぞ》き込む。

まず目についたのは、部屋の隅に置かれたベッドだった。

一人用としてはやや大きく、歳のわりに小柄なノエインが寝るには広すぎるほど。見たところシーツは綺麗で厚みもしっかりとしていて、ふんわりとした膨らみ方を見るに、中に詰められた藁《わら》も新しいものなのだろう。

そして部屋の中央には、テーブルと椅子がひとつずつ。壁際には棚がひとつ。棚の中には、大小ひとつずつのタオルをはじめ、生活用品がいくつか置かれている。

扉の横、玄関側の壁には、小さな台所らしき設備もあった。

『沸騰』の魔道具が置かれ、お茶を淹《い》れるためのポットと、綺麗なカップと粗末なカップがひとつずつ並んでいる。茶葉は見当たらない。

小さな居間にあるのは、それでほぼ全てだった。殺風景だが、今までのノエインの自室もこれと大差なかったので、特に不満は感じない。

奥には小部屋が二つあり、今は扉が開け放たれているので、その中が浴室と廁《かわや》だと分かる。

居間の窓には板ガラスがはめ込まれ、晴れている日には外の光が室内に降り注ぐようになっている。そのおかげで今は室内が明るい。新築だけあって、壁も床も綺麗に見える。

悪くない。このままだとひどく退屈しそうだが、少なくとも清潔で快適そうではある。それがこの離れの第一印象だった。

「……ふふっ」

室内を見回して、ノエインは凶悪な笑みを浮かべ、笑い声を零《こぼ》した。

清潔で快適な生活空間。しかしこれは、マクシミリアンがノエインのことを思いやって用意したものであるはずがない。これはノエインに脱走を考えさせず、ここで大人しくさせておくための待遇だ。

どうせノエインは、外に逃げ出してもまともに生きてはいけない。非力で世間知らずな小僧一人が、脱走などという手段で束《つか》の間《ま》の自由を得ても、キヴィレフト伯爵家という大貴族家に目をつけられながら生き延びられるはずもない。

そもそも、屋敷の敷地を囲む、高くて足がかりもない石壁を乗り越えることは、たとえ兎人のマチルダの力を借りたとしても難しい。

そのような環境に置かれた上で、一応は屋敷の敷地内に快適な環境を与えられれば、ノエインがひどく分の悪い賭けに出て逃亡しようとする可能性は限りなく低くなる。

この離れはノエインの逃走の意欲を削《そ》ぎ、ここへ繋いでおくためのものだ。小さくて綺麗で快適な檻《おり》だ。

「ほら、君も見てごらん。なかなか過ごしやすそうなところだよ」

皮肉を込めてそう言いながらノエインが振り返ると、兎人の少女は立ち上がってはいるものの、最初にいた場所からまだ動いていなかった。おろおろしながらノエインを見ていた。

「どうしたの？　ほら、こっちにおいで？」

「……」

ノエインが呼びかけると、少女はやはり怯えたような目をしながら、ゆっくり歩み寄ってくる。

そして、おそるおそる離れの中に足を踏み入れ、部屋を見回した。

「……ああ、そう言えば、君が生活するためのものがないね」

ノエインはそこで初めて気づいた。ベッドは一人用で、椅子もひとつだけ。棚に置かれた生活用品も全てひとつずつ。ノエインの快適さは考慮されているが、奴隷である彼女の生活についてはまったく考えられていない。

部屋の隅には汚い毛布が敷かれている。おそらくはそこが彼女に与えられた生活空間だ。獣人奴隷は床で食事をとり、床で眠れということか。

テーブルの上には小さな袋が置かれており、開くと中には大銀貨が十枚入っていた。一万レブロ。これが今月の小遣いということなのだろう。

「まあいいや、後々買い揃《そろ》えていこう……ところで、君の名前をまだ聞いてなかったね」

ノエインが尋ねると、獣人の少女は平伏する。

「マチルダと申します。よろしくおねがいいたします、坊ちゃま」

「そっか……顔を上げて、マチルダ」

ゆっくりと顔を上げ、怯えを見せるマチルダに、ノエインは優しく微笑《ほほえ》みかける。

「僕の名前はノエインだよ。坊ちゃまっていう呼び方は少し苦手だから、僕のことはノエイン様って呼んでほしいな」

この家で「坊ちゃま」と呼ばれると、自分があの憎き父の子なのだと嫌でも思い知らされる。なのでノエインは、この呼び方を好まない。

「……っ、申しわけございませんでした。甘んじて罰をお受けします」

マチルダはそう言って、床に額をぶつけるように再びひれ伏す。知らずとはいえ、ノエインの気に入らない呼び方をしたことで罰せられると思ったのだろうか。

知らなかったことで叱責を受けるのが当たり前だと思っているような、罰を受け慣れている様子のマチルダを、ノエインは憐《あわ》れんで見下ろす。そして、彼女の頭にそっと手を置いた。

マチルダがびくりと震えるが、ノエインがそのまま彼女の頭を優しく撫でると、彼女はきょとんとした表情でノエインを見上げた。どうして自分が殴られないのか不思議に思っているような表情だった。

「僕は他の意地悪な人たちとは違うよ。君に酷いことはしない。君を可愛がってあげるんだ。だから、安心していいよ」

かつて自分が慈しんだ、弱ったリスや雛鳥。それらと出会ったときのことを思い出しながら、ノエインは言った。

リスや雛鳥に死なれたとき、ノエインは寂しさを覚えた。あんな小さな生き物の死さえ寂しかったのだ。これほど大きくて言葉を交わせる存在の死は、もっと寂しいだろう。

この兎人の少女にはずっと生きていてほしい。自分に寂しい思いをさせないでほしい。そのためにも可愛がってやらなければと、ノエインはそう考えていた。


「ノエイン様、お食事をおもちしました」

夕刻。屋敷の本館に夕食を取りに行っていたマチルダが、夕食の載った盆を持って帰ってきた。

「ありがとう、マチルダ」

「……あの、ノエイン様、このテーブルは？」

彼女が本館に行っている間に、ノエインはテーブルを引きずって移動させていた。それを見たマチルダは戸惑った表情で言う。

テーブルはベッドの方に寄せられ、ノエインはベッドを椅子代わりにして座っていた。テーブルを挟んでノエインの反対側には、この部屋で唯一の椅子が置かれている。

「こうすれば、君もその椅子に座って、このテーブルで一緒にご飯を食べられるでしょう？　君の分の椅子を買うまで、こうやって一緒に食べよう」

かつて慈しんだリスや雛鳥とも、ノエインは共に食事をとった。自室で一人での食事を強いられていたノエインにとって、一緒に食事をとる存在がいるのは楽しい経験だった。

なのでノエインは、マチルダと一緒に食事をとれるよう、テーブルを動かした。

「でも……奴隷の私が、ノエイン様とおなじテーブルで食べるなんて……それも、ノエイン様の椅子にすわるなんて」

しかしマチルダは、どうして自分がこんな扱いを受けるのか分からないらしく、困惑した様子で目を泳がせる。

「僕は君を可愛がるって決めたんだ。だから一緒に食べようよ。お願い」

「……かしこまりました」

それをノエインの命令と受け取ったらしいマチルダは、テーブルに夕食の載った盆を置き、おそるおそる椅子に座る。

ノエインの前に置かれているのは、肉と野菜がふんだんに入ったシチューと、焼きたてのパン、そして果実水だった。シンプルではあるが、質も量も申し分ない食事だ。

一方で、マチルダの前に置かれた器には、泥のように濁ったスープが入っている。その横には、見るからに硬そうな黒パンが雑に置かれている。

「……」

「……」

ノエインがシチューを匙《さじ》で口に運び、柔らかいパンを千切る一方で、マチルダは黒パンを濁ったスープに浸してふやかし、それでも噛《か》み千切るのに少し難儀している。

このような食事を食べ慣れているのか、マチルダは嫌な顔ひとつせず、当たり前のように食べ進めている。しかし、彼女のスープもパンも、ノエインの目にはとても美味《おい》しそうには見えない。

なるべく早く、彼女がもっと良い食べ物を口にできるようにしようとノエインは思った。

食事を終え、マチルダが食器類を本館に返してきた後は、入浴の準備をする。

離れの脇に造られた井戸から昼間のうちにマチルダが水を移した浴槽に、備えつけの魔道具で適温のお湯を作る。そうしてマチルダが用意してくれた風呂に、ノエインは一人で浸《つ》かる。

「……」

入浴しながらあることを考えたノエインは、風呂から上がるとその思いつきを口にした。

「マチルダもお風呂に入るといいよ」

「っ！……？……っ⁉」

すると、マチルダはぎょっとした表情でノエインを見た。

「ですが……私は、獣人奴隷です。お湯につかるなんて」

「でも、君は少し汚れてる。君にそんな姿のままではいてほしくないな」

おそらく毎日は水浴びをさせてもらえないのだろう。あまり汗をかかない季節なのでまだ臭ってはいないが、マチルダの髪はべたつき、顔や手足、服は少し汚れている。

「……申し訳ございません。かしこまりました。では、お湯をあびてきます」

ノエインの「少し汚れている」という指摘を気にしたらしいマチルダは、そう言いながら浴室に向かう。

「お湯を浴びるだけじゃなくて、浴槽に浸かっていいからね。あ、あと身体はこれで拭いて」

ノエインが入浴後に使わなかった小さなタオルを手渡されたマチルダは、厚手のしっかりとした生地を握りしめて虚ろな目になる。

「…………かしこまりました」

常識外れの扱いを立て続けに受けたことで疲れてしまった様子のマチルダは、虚ろな目のままで答え、浴室に入っていった。

ああ言ったが、彼女はちゃんとお湯に浸かるだろうか。ノエインが少し心配していると、

「……はぁっ」

お湯に浸かる水音と同時にそんな吐息が聞こえてきた。

獣人奴隷の彼女にとっては、下手をすれば人生で初めての本格的な入浴。よほど気持ちよかったのだろう。そう考えながら、ノエインは小さく笑う。

それからしばらく経ち、ノエインよりも長い入浴を終えて、マチルダは浴室から出てきた。身体も髪もさっぱりして綺麗になっていた。服がそのままなのは今は仕方がない。

お湯で温まったことで顔は上気しているが、何故《なぜ》か彼女の表情は暗かった。

「申し訳ございません。奴隷の身で勝手にこんなに長く入浴を……どうか罰をおあたえください」

どうやら気持ち良さのあまり、つい長風呂になったことを気にしているらしい。落ち込んだ様子の彼女を逆に可愛らしいと思いながら、ノエインはひれ伏すマチルダに近づいた。

小さなタオルでは拭き切れなかったのか、彼女の長い黒髪はまだ水がしたたっている。そこへ、ノエインは大きなタオルを被《かぶ》せた。自分が身体を拭くのに使ったものだが、そこは仕方がない。

何か暴力を振るわれると思ったのか、一瞬マチルダが身を竦《すく》ませる。しかし、そのままノエインが小さな両手で彼女の髪をわしわしと拭いてやると、マチルダは虚ろな目に疑問の色を滲《にじ》ませて顔を上げた。

「……あの」

「いいかいマチルダ、さっきも言ったけど、僕は他の意地悪な人たちとは違うんだ。君がゆっくりお風呂に浸かりたいなら、そうしていい。他にやりたいことがあったら言っていい。僕は君を殴らないし、虐《いじ》めないよ。僕は君を可愛がるんだ」

ノエインの言っている意味がよく理解できないのか、マチルダは複雑な表情で黙って髪を拭かれていた。

ゆっくりとお湯に浸かり、丹念に洗ったのだろう。マチルダの髪も顔もべたついてはいない。しかし、石鹸《せっけん》の匂いはしなかった。明日からは「石鹸も使っていい」と言わなければとノエインは思った。

その後は眠りにつくことになる。ここでもノエインはマチルダを可愛がろうとする。

「ほら、マチルダ、ここにおいで」

そう言って、ノエインはベッドの片側に寄り、空いているスペースをぽんぽんと叩いて示した。人は他の存在を可愛がるとき、同じベッドで眠るもの。ノエインはこれまでに、いくつかの書物からそのような知識を得ていた。

マチルダがいれば、自分もそれを実践できる。そう思いながら、好奇心に満ちた無邪気な表情でマチルダを呼ぶ。

「……はい、ノエイン様」

素直に頷《うなず》いて、マチルダはノエインの隣に横たわる。まるで人形のように無機質なその声と表情は、理解不能なことばかりが続く現実に諦めきった彼女の内面を表していた。

陽《ひ》は既に沈み、窓から降り注ぐ満月の明かりが室内を柔らかく照らす。窓に取りつけられたカーテンを閉めると、その光も遮られ、室内は眠るのに適した暗さになる。

「マチルダ、これからも可愛がってあげるからね」

ノエインは彼女に抱きつき、彼女の頭を優しく撫でながら言った。

「君に美味しいものを食べさせて、清潔な服を着せて、お風呂にも毎日入れてあげ……」

そこでノエインの言葉が途切れ、すうすうと穏やかな寝息へと変わった。

・・・・・

こうして、ノエインとマチルダの二人きりの生活が本格的に始まった。

「ノエイン様、お食事をおもちしました」

「ありがとうマチルダ。さあ、一緒に食べようか」

本館から朝食を運んできたマチルダと共に、ノエインはテーブルを囲む。ノエインはベッドに、マチルダは椅子に座る。

「どう、マチルダ？　美味しい？」

「……はい、とても美味しいです、ノエイン様」

そう言いながらマチルダが頬張る朝食は、ノエインのものと同じ内容だった。

この離れでの暮らしが始まってノエインが最初に行ったのが、マチルダの食事内容の改善。初期の備品として離れに置かれていた紙とペンを使って父への要求書をしたためたノエインは、それをマチルダに預け、メイド長へと届けさせた。

マチルダにも自分と同じ内容の食事を。ノエインのその要求に対する返答は「その代価として小遣いから毎月一千レブロを差し引く」というものだった。ノエインはそれを了承する旨を書き記して大銀貨一枚と共に返し、その翌日からマチルダにも上質な食事が与えられるようになった。

マチルダはこの待遇にひどく恐縮しながらも、食事内容の改善を喜んだ。食事中の彼女の表情は柔らかくなり、ノエインと話す声にも喜びの色が表れるようになった。そんな彼女を見て、ノエインは満足していた。

「ご馳走《ちそう》さま。さあマチルダ、食後の散歩をしよう」

朝食を終えると、ノエインは裏庭に出る。

何もない敷地を木柵で囲っただけの裏庭は、しかし離れの中と比べると、清々《すがすが》しい解放感をノエインに与えてくれる。新鮮な空気を吸い、四角く区切られた青空を見上げて日光を浴びると、新たな一日が始まったのだと感じられる。

「あっ、マチルダ、見てごらん。テントウムシだよ」

散歩と称して意味もなく裏庭をぐるぐると歩き回っていたノエインは、木柵に留まった赤い小さな虫を見てマチルダを呼んだ。

「……」

呼ばれたマチルダはノエインの傍《そば》まで行き、地べたに座り込むノエインの横に自分もしゃがみ込んでテントウムシを眺める。

「小さくて可愛いね」

「はい、ノエイン様」

「あっ、でもマチルダの方が可愛いからね、安心してね」

「……はい、ノエイン様」

マチルダはやはりまだ戸惑いを覚えている様子で、しかし可愛がられて悪い気はしないのか、はにかみながら頷く。

「ほら見てごらん、このテントウムシは背中に斑点が七つあるでしょう？　この見た目通り、ナナホシテントウっていう種類だよ」

「……ノエイン様はとても物知りです。すごいとおもいます」

「あはは、ありがとうマチルダ。前に図鑑で読んだんだ」

呟いたマチルダに、ノエインは笑って返した。

「ちなみにね、テントウムシはミレオン聖教では太陽の化身って考えられてるんだよ。赤くて丸いからね。春に元気に活動する習性と併せて、恵みを象徴する虫って言われてるんだ」

「そうなんですか、はじめてしりました」

そう言いながら興味深そうにテントウムシに見入るマチルダを見て、ノエインは嬉《うれ》しくなった。

自分の話を聞いてくれて、感心してくれて、返事をくれる。そんな存在など今までいなかった。

かつて可愛がったリスや雛鳥はここまではしてくれなかった。ますます彼女は可愛がり甲斐があると考える。

「……あ」

そのとき、テントウムシは羽を開いて飛び立ち、そのまま木柵の向こうへと飛んでいく。

止めようもないので、ノエインとマチルダは去っていくテントウムシを黙って見送る。

「……テントウムシはいいね。自由にこの柵の外に行けて」

呟く声は少し哀《かな》しげなものになった。空を見上げるノエインは、マチルダが自分の横顔をじっと見つめていたことに気づかなかった。

・・・・・

一か月が経つ頃には、ノエインもマチルダも、この離れでの暮らしに慣れた。

当初は必要最低限の、それもノエイン一人分の家具や生活用品しかなかったこの離れだが、今はマチルダの分の椅子と、マチルダの分の生活用品も置かれている。

茶葉も常備するようにしたので、単なる沸かした井戸水ではなく、お茶を好きな時に飲むこともできるようになった。

これらの品は全て、初月の小遣いのいくらかを返金することと引き換えに本館から引っ張ってきたもの。実質的にノエインが父から購入したかたちとなっている。

最初より快適になったこの離れで、今はマチルダに読み書きと算術を教えるのがノエインの日常になっていた。

「全部正解だよ、凄《すご》いねマチルダ。もう一桁の足し算と引き算ができるようになっちゃったね」

適当な練習問題を彼女に与えたノエインは、彼女の解答を見て感心する。

「文字も三十一個のうち十五個まで覚えちゃったし……マチルダは凄く頭が良いんだね。偉いよマチルダ、えらいえらい」

「……ありがとうございます、ノエイン様」

ノエインがマチルダの頭を撫でると、マチルダはそう答える。表情こそほとんど変わらないものの、頬は少し赤く、声には喜びの色が含まれる。

今も時おり自身の扱われ方に困惑の表情を浮かべることもあるマチルダは、しかし少なくとも怯えを見せることはなくなった。ノエインから乱暴な扱いを受けることはないのだと理解し、信用した様子を見せていた。

「この調子なら、マチルダもそう遠くないうちに読み書き計算ができるようになるだろうね。そしたら買い物もできるようになるし、僕みたいに書物も読めるようになる。きっと楽しいことが増えるよ」

「はい、ノエイン様のお役にたてるようにがんばります」

現状ノエインが新たな物品を手に入れるには、父への手紙をマチルダに届けさせて、父の言い値を支払って本館の物を譲り受けるしかない。しかし、マチルダが読み書き計算を覚えれば、彼女に屋敷の外へとお遣いに行ってもらうこともできるようになる。

そのためにも、ノエインは毎日マチルダに知識を与えていた。

そして、マチルダも与えられる知識を真面目に吸収していた。

「それじゃあ、算術の勉強は今日はこのくらいにしておこう……少し疲れたね。それに、喉が渇いたな」

「では、お茶をおいれしましょうか？」

「そうだね、お願いするよ」

「すぐにご用意します。少しおまちください」

そう言って台所に立つマチルダの後ろ姿を見ながら、ノエインはベッドに腰かけ、書物を開いた。この書物は本館から借りてきたものだ。

キヴィレフト伯爵家の屋敷の本館には、それはそれは立派な書斎がある。大きな本棚がいくつも置かれ、そこには歴史書や学問の指南書、偉人の伝記や物語本、詩歌集、遠い国の旅行記、さらには昔の貴族の私的な日記まで、古今東西の多様な書物が数千冊も並んでいる。

しかし、代々の伯爵家当主によって、歴史ある大貴族家として見栄《みえ》を張るためだけに収集されたそれらは、マクシミリアンによって客人に披露されることはあるものの、手に取って読まれることはほとんどない。

ノエインは本館で暮らしていたとき、これらの書物を時おり読んでいた。読書をしている限りは大人しいからと、父にもそれを許されていた。

この離れに移されてからも、ノエインはそれらの書物を読む権利について、手紙を通じて父に求めた。その結果「月に三千レブロを小遣いから返還すること」を条件に許可され、その条件を受け入れた。

ノエインは離れを出られないので、マチルダを本館へと遣いに出し、数冊ずつ書物を持ってこさせている。マチルダはまだ字が満足に読めないので、彼女がどのような本を取ってくるかは今は完全に運任せだった。

三千レブロ。平民の家族が一か月暮らせるほどの金と引き換えに書物を読む権利を得たのは、単なる暇つぶしのためだけではない。社会を知らない自分が、書物の知識の上でだけでも社会を、人の世を、人の生き方をもっと知っておくためだ。

そして、いつか放逐されて自由を得る日が来たときに、見たこともない外の世界で生き抜いていく術《すべ》を備えておくためだ。

「おまたせしました、ノエイン様」

ノエインが手にしている物語本を数ページほど読み進めたとき、マチルダがそう言ってテーブルにお茶のカップを置いた。

「ありがとう、マチルダ」

ノエインは彼女に笑顔を向けながら書物をベッドに置き、お茶を手に取る。ふうふうと吹いて軽く冷ましてから、一口飲む。

「……うん、美味しいよ。お茶を淹れるのが上手になったね」

「お褒めにあずかりうれしいです、ノエイン様」

当初はノエインもマチルダもお茶の淹れ方など知らなかったので、味がやけに渋くなったり濃くなったり、逆に薄すぎたりしていた。

しかし、先週マチルダが書斎から持って来た書物の中に「もてなしの作法」という本が偶然あり、その中にお茶の淹れ方が詳細に記されていた。

ノエインがそれを読み、マチルダにも口頭で知識を教えたことで、マチルダのお茶淹れの技術は目に見えて上達している。

「……平和だね、マチルダ」

「はい、ノエイン様」

ノエインが陶器製のカップでお茶を飲みながら呟くと、木製のカップでお茶を飲みながらマチルダが答える。

そして、夕食までの時間をノエインは読書をして過ごす。マチルダは風呂の用意をしたり、部屋の掃除をしたり、裏庭に干していた洗濯物を取り込んだりしつつ、その合間に文字を覚えるための勉強をする。

そんな光景が、二人の日常として馴染《なじ》みつつあった。

小さな離れと裏庭だけが世界の全て。そんな歪《いびつ》な環境で、それでもノエインはマチルダという同居人がいるおかげで、少なくとも人間らしい温《ぬく》もりのある日々を過ごしている。

・・・・・

離れで共に暮らすようになってから数か月が経ち、マチルダはノエインから受けた教育のおかげで、それなりの単語が読めるようになった。

また、桁の多い計算はまだ難しいものの、貨幣を数えるかたちでなら買い物ができる程度の計算能力も身に付けた。

そこで、ノエインは初めて彼女を屋敷の外へと遣いに出した。

ノエインは離れから外に出ることは許されていないが、マチルダは別。そもそも彼女は、こうした用を言いつけるためにノエインに与えられた奴隷でもあった。

日に三度の食事こそ本館から提供されるが、それ以外のもの――魔道具を使うための魔石、石鹸などの消耗品、お茶やお菓子などの嗜好品《しこうひん》、紙やインク、その他とにかく食事以外の一切だ――は毎月の小遣いで買わなければならない。

父親の言い値で屋敷の備品をもらうよりも、街で購入した方がおそらく安いし早い。だからこそノエインは、マチルダを市街地に行かせた。

今頃、彼女は買い物をしているだろうか。お釣りの計算はちゃんとできているだろうか。そんなことを考えながら待っていると、離れの扉が開かれる。

「マチルダ？　随分早く帰って……っ」

扉の方を向いたノエインは、帰って来たマチルダがずぶ濡《ぬ》れになっているのを見て息を吞《の》む。

マチルダの表情は暗い。怪我《けが》はしておらず、今はまだ秋なのでずぶ濡れでも凍えるほど寒いということもないだろうが、どう見てもただ事ではない。

「何があったの？」

「……申し訳ございません、ノエイン様」

そう言って、マチルダは事情を話し始める。

ノエインは本館で暮らしていた頃、使用人たちの雑談を盗み聞きして、このキヴィレフト伯爵領の領都ラーデンでは大店《おおだな》として知られた商会の名前をいくつか記憶していた。

マチルダにもそれらの商会の名前を教え、どれかの店に行けば質の良い買い物ができるだろうと伝えてお遣いに出した。

しかし、ここは獣人への迫害感情が激しい王国南部だ。大手の商会に赴いたマチルダは、獣人奴隷であることを理由に店の中に入ることさえ許されなかった。

キヴィレフト伯爵家からの遣いだ、と言えば入店できたかもしれないが、勝手にマチルダにそんなことを名乗らせたのが父に知られると後でどうなるか分からない。そもそもキヴィレフト伯爵家では普通は獣人奴隷を買い物の遣いになど出さず、ノエインは伯爵家の人間であることを証明するものを持っていない。

途方に暮れて立ち尽くしていたマチルダは、最後には水をかけられて追い払われ、帰って来たのだという。

「私はノエイン様のお役にたてませんでした。私はだめな奴隷です。申し訳ございません」

膝をつき、絶望的な表情で謝るマチルダに、ノエインは歩み寄る。

そして、彼女を優しく抱き締めた。自身の服が濡れるのも厭《いと》わず、ずぶ濡れの彼女を抱き締めた。

小柄なノエインの腕では、女性にしては背が高いマチルダをしっかりと包み込むことはできなかったが、それでも彼女を精一杯抱き締めた。

「大丈夫だよ、マチルダ。僕こそごめんね。何も考えずに君をお遣いに出してしまった。そのせいで君を辛《つら》い目に遭わせてしまった。マチルダは何も悪くない。何も気にしなくていいんだよ」

自分のせいだと、ノエインは思っていた。

マチルダは命じられた通りに、教えられた店に行くことしかできない。それなのに自分は、この王国南部で獣人奴隷がどのような目で見られているかを知識として知っていたはずなのに、そのことを考慮せず彼女を送り出してしまった。

「……はい、ノエイン様」

マチルダはそう答えながら、おそるおそるといった様子で、自身の手もノエインの背中に回す。

「もう一度、買い物にいきます。今度こそ、ノエイン様にあたえられた役目をはたしてきます。なので、どうか捨てないでください」

そう言いながら、マチルダの声と身体はかすかに震えていた。

「僕がマチルダを捨てることなんてないよ。君をずっと可愛がるって決めたんだから。君はこれからも僕だけのお世話係だよ」

ノエインはマチルダを抱く腕に、さらに力を込める。

「今日はもう外には行かなくていい。可哀想なことをしたね。今日はもう、ずっと一緒にいよう。お風呂で温まって、ずっと僕の傍にいるといい。買い物の仕方はまた考えよう。大丈夫だよ」

マチルダが落ち着くまでノエインは彼女を抱き締め続け、その後は言葉通り、二人で過ごした。

買い物の方法については、あっさりと解決策が見つかった。

ロードベルク王国の人口およそ二百万人のうち、二割強は獣人。王国南部に位置するキヴィレフト伯爵領では獣人の割合はやや少なく二割弱ほどだが、それでも領地の人口七万人のうち一万数千人を、領都ラーデンだけで見ても人口三万人のうち五千人ほどを獣人が占めている。

その半数以上が奴隷だが、あとの者は財産権を持つ平民。なかには職人や商人、自作農として一定の成功を収め、平均以上の収入を得ている者もいる。

当然、そんな平民の獣人たちを客として獣人が経営する店も、ラーデンにはいくつも存在する。そこでなら、マチルダは何の問題もなく、ごく普通に買い物を行うことができる。

そのことに思い至ったノエインが、ラーデンの市街地西区にある獣人街までマチルダを買い物に行かせると、以降は何の問題もなく必要な品を買うことができるようになった。

獣人向けの店でも、よほど希少な品を求めるのでなければ大抵のものは手に入る。ノエインはマチルダのおかげで日用品、消耗品、嗜好品を幅広く手に入れられるようになり、以前にも増して快適な生活環境を整えることができるようになった。

そして、マチルダもその恩恵に与《あずか》っていた。

「マチルダ、いい匂いだね。それに艶があって綺麗だよ」

「……ありがとうございます、ノエイン様」

二人で並んでベッドに腰かけ、ノエインがマチルダの髪に顔を近づけて匂いを嗅ぎ、彼女の目を見て言うと、マチルダはそう答える。表情はあまり変わらないが、その頬は赤い。

ノエインが褒めたのは、風呂から上がったマチルダが髪に塗った香油だった。ノエインが自身の小遣いで彼女に買い与えたそれは、ほのかに柑橘系《かんきつけい》の爽やかな匂いがした。

ノエインがマチルダの髪を撫でると、艶のある黒髪はさらさらとした手触りで指の間を抜ける。

半年以上前、ノエインと出会った当初は、マチルダの髪は痛み、肌には殴られた痣や腫れが目立っていた。

しかし、今は彼女の髪には艶が戻り、肌も綺麗になっていた。ノエインと同じ食事を取り、まめに入浴するようになったことで栄養状態や衛生状態が改善され、何より精神的な安らぎを得ている証左だ。

そしてもうひとつ、マチルダには変化が表れていた。

「マチルダ、また少し胸が大きくなったね」

「はい、ノエイン様」

ノエインが視線を向けた先、マチルダの首の下では、以前より一回り豊かになった胸が服を押し上げている。

種族的な特性として、兎人の女性は胸が大きい傾向にある。それを考えると、今までのマチルダの胸はどちらかといえば控えめな大きさだった。

しかし、成人したとはいえ十代半ばでまだ成長の余地があり、食事の質が急激に良くなったためか、マチルダの胸は明らかに大きくなっている。

「……ノエイン様は、大きな胸はお嫌いですか？」

もの珍しそうな視線を向けるノエインに、マチルダは尋ねる。その声には不安の色が少し含まれていた。

「そんなことないよ。むしろ大きい方が好きかも。気持ちいいし」

「そう、ですか……よかったです」

ノエインの答えを聞いて、マチルダは表情をほころばせた。

最近のマチルダは、こうして安心したような表情を見せることも多い。当初のような怯えや警戒の色を見せることは皆無となり、このように自分がノエインから好かれているかを確認し、安堵《あんど》するような言動も見せるようになった。

そのことが、ノエインも嬉しかった。マチルダを可愛がり、優しく接してきたことに、彼女の方もこうして応えてくれているのだと思うと喜ばしかった。

「……ねえマチルダ。いつもの、いい？」

「もちろんです、ノエイン様。どうぞ」

ノエインが甘えた表情で言うと、マチルダはそう答えて両手を広げる。ノエインは彼女と向かい合うような姿勢で彼女の膝の上にまたがり、そして彼女に抱きついた。

年のわりに小柄なノエインが、女性にしては背が高いマチルダにこうして抱きつくと、ちょうど彼女の胸に顔を埋《うず》めるような体勢になる。マチルダもノエインの背中に手を回し、しっかりと抱き寄せてくる。

こうしてマチルダの体温と匂い、彼女の肌の柔らかさ、彼女の息づかいを感じていると、とても不思議な気持ちに包まれる。心が穏やかになり、身体の芯が温かくなる。身も心もマチルダに包まれるこの触れ合いに、喩《たと》えようのない安らぎと満足感を覚える。

ノエインはこの感覚がどうしようもなく好きで、今では夜眠るとき以外にも、たびたび彼女に抱きついている。マチルダも嫌な顔をすることはなく、むしろ嬉しそうに受け入れてくれる。

「……マチルダ」

彼女の胸に頬をすり寄せながら、ノエインはまるでこれまでの人生で不足していた温もりを埋め合わせるように、彼女に甘える。

・・・・・

ロードベルク王国に生まれた者は全員が、十歳で「祝福の儀」と呼ばれる儀式を受ける。

これは、その者の内に魔法の才が宿っているかを知るための儀式。国や宗教によって名称もやり方も受ける年齢も違うが、ミレオン聖教を国教とするロードベルク王国においては、そのように定められている。

あまり幼いときに魔法の才に目覚めると、感情のままに魔法を振るう危険があり、あまり歳をとってから才に目覚めると、最も伸びしろのある十代のうちに習熟に励む時間が減る。だから十歳で儀式を受けることになっているのだと、ノエインはかつて家庭教師から聞いた。

「祝福の儀」を受けるのは王族から奴隷までこの国に生きる全ての者の義務であり、受けさせるのは各地を治める王族や領主貴族の義務。魔法使いの数は国力や領地の力に直結するので、支配者層は「祝福の儀」に関しては極めて意欲的に教会を支援している。

王暦二〇六年の春。離れで最初の年を越して十歳になったノエインも、この儀式を受けることとなった。

ただし、この離れを出られないノエインは、教会まで出向くことはない。その代わりに、領都ラーデンの教会から若い司祭が派遣され、ノエインのもとを訪れた。

おそらく手順をいくらか省略した、事務的で作業的な儀式の結果――ノエインは大きな光に包まれ、そして神の言葉を聞いた。神から与えられた魔法の才に目覚めた。

「……えー、あなたには凄《すさ》まじく大きな魔法の才が宿っているようですね。おめでとうございます。今日この日、あなたの将ら……あなたの人せ……あなたには、その、大きな神の慈愛が舞い降りました」

微妙すぎる立場にいるノエインの将来や人生に言及するのはためらわれたのか、若い司祭は何やらごにょごにょと言葉を濁した。

「どのような魔法の才を授かったかは説明できますか？　どのような言葉を聞きましたか？」

司祭がそう言うと、その後ろでメイド長の顔が険しくなった。場合によってはひどく厄介なことになる。そう警戒するような顔だ。

「……他の身体を、動かす魔法の才です。自分の身体とは別の、空っぽの身体を」

司祭の問いかけに、ノエインはまだ少しぼんやりとした頭を働かせてそう答えた。

「……ああ、傀儡《くぐつ》魔法の才ですか」

呟きながら、司祭は拍子抜けしたような顔になる。メイド長は安堵の表情を浮かべる。

傀儡魔法。それはゴーレムと呼ばれる魔道具を操る魔法だと、ノエインは家庭教師の話や書物から学んだ。使い勝手が悪く、得ても大成しない魔法だという評判であることも。

微妙な立場にいる自分が得ても、恐れるに値しない魔法の才なのだろう。司祭とメイド長の反応を見て、ノエインはそう考えた。

「司祭様、そろそろ」

「あっ、はい、そうですね。では本日はありがとうございました。失礼いたします」

口調こそ丁寧だが有無を言わせない声色のメイド長に促されて、司祭は最低限の挨拶を残して離れを出ていく。

メイド長はノエインを一瞥《いちべつ》すると、何も言わずにやや乱暴に玄関の扉を閉め、去っていった。

こうして、ノエインの「祝福の儀」はあっさりと終わった。

「……何だか疲れたな」

「お疲れ様でした、ノエイン様……おめでとうございます」

ノエインが息をつきながらベッドに座ると、マチルダはそう言いながら隣に寄り添ってきた。

「ありがとうマチルダ。まあ、あんまり役に立たない傀儡魔法の才だったけどね」

ノエインは自嘲気味に笑いながら答えた。

魔法の才はときに、授かった者の人生を大きく変える。

貴族であれば、生まれの順序を乗り越えて次期当主となる可能性や、新たな貴族家を興せる可能性が高まる。平民であれば名誉従士や、場合によっては名誉貴族に叙される可能性を得る。奴隷であれば解放されて人生を逆転させることさえできる。

だからこそ、ノエインもこの通過儀礼に少しばかり期待していた。

まさか妾の子からキヴィレフト伯爵家の次期当主になれるとは微塵《みじん》も思っていなかった（そもそもなりたくもなかった）が、魔法の才があれば、いつか家を追い出されて外の世界で生きていく上で心強い助けになるだろうと考えていた。

結果として得たのは、何も得ないよりは良い、という類の魔法の才。喜んでいいものか、どの程度喜べばいいのか迷う。

「だけど、あの司祭は『凄まじく大きな魔法の才が宿っている』って言ってた。ということは、真面目に鍛錬を重ねればそれなりに有用な力になるのかもしれない……傀儡魔法の才か。ゴーレム、直接見たことはないなぁ」

ゴーレムという魔道具の存在自体はノエインも知っている。今までノエインが読んだ書物の中でも時おりゴーレムに言及する記述があった。どれもあまり好意的な書き方ではなかったが。

「ゴーレムがないと傀儡魔法使いは話にならない。まずはゴーレムを手に入れないと」

「では、私がノエイン様の遣いとして魔道具の工房に行ってまいります」

マチルダが自身の当然の務めとしてそう申し出るが、ノエインは少し心配するような表情を見せた。思い出したのは、かつて彼女が水をかぶって帰って来たときのことだった。

「うん、ありがとう……だけど、どこの工房に行くかはしっかり見極めてからね。まずは、今度買い出しに行くときに、商店の人に聞いてみて。獣人を迫害しない魔道具工房を」

「はい。ありがとうございます、ノエイン様」

ノエインに気遣われたマチルダは、微笑んでそう答えた。

・・・・・

ゴーレムの購入が叶《かな》ったのは、「祝福の儀」を終えてから数か月後、夏頃のことだった。

購入先については、マチルダが獣人街の商店で商人たちに尋ねると、すぐに丁度いい工房が見つかった。

そこは「アレッサンドリ魔道具工房」という店で、腕は確かだが少々変わり者の女性職人が一人で経営しており、客が獣人だろうが気にしないという評判だった。

問題はゴーレムの金額の方だった。木材を削って部品をいくつも作り、そこへ魔法塗料で魔力回路を刻み、表面をさらに魔法塗料で覆うゴーレムは、決して安い魔道具ではない。

父から与えられる小遣いをある程度貯《た》めていたノエインにもすぐに払える額ではなく、その後数か月さらに貯金をした上で、中古のゴーレムを購入。それが届いたのは夏の只中《ただなか》だった。

「ふうん、これがゴーレムか……実際に見てみるとやっぱり大きいね」

ノエインが目の前にしたゴーレムは今は力なく座り込んでいるが、立ったときの体高は二メートルほどになると思われた。

これはゴーレムの中でも特に大きい部類となる。魔法の才の大きさが保証されているノエインは、工房に手配してもらえる中古品の中で最も大きなゴーレムを購入した。

「それじゃあ、早速動かしてみようか」

不思議なことに、「祝福の儀」で神の声を聞いた時点で、ノエインには傀儡魔法の使い方が自然と理解できていた。まるで、人が生まれたときから声の出し方を知っているように、魔法の使い方が分かっていた。

その知識をもとに、ノエインはそれが当たり前のことであるように両手をゴーレムへと向け、魔力を注いだ。

すると、ノエインの手首に魔法陣が浮かび上がり、同時にゴーレムの全身の魔力回路が一瞬だけ白く光る。そして、幻獣の遠吠《とおぼ》えのような形容しがたい高い音が響いたかと思うと、ゴーレムがむくりと立ち上がる。

「うわ、ほんとに動いた」

「さすがです、ノエイン様」

動かした自分自身でも少し驚くノエインに、マチルダがそう声をかける。

「ありがとう、マチルダ……これ、意外と操作が難しそうだね。書物にあった通りだ」

ゴーレムに両手を向けながらノエインは呟く。立ち上がったゴーレムはどこか頼りなくふらついていて、ノエインはそれを操作しようにも思うように動かせない。

「とりあえず……裏庭に移動させないと……」

父とメイド長が意地悪いせいで、運送業者がゴーレムを運び込めたのは屋敷の勝手口まで。そこから離れまでの運搬には屋敷の奴隷たちが使われ、ノエインは父から奴隷の使用料を取られた上に、ゴーレムは離れの玄関先までしか運んでもらえなかった。

そのため、玄関先から裏庭まではゴーレムを歩かせて移動させなければならない。しかし、一歩前進させるだけでも多大な集中力を要し、そのわりに滑らかに動かすこともできない。

「あっ」

「ノエイン様っ！」

ゴーレムは三歩目でバランスを崩して前のめりに倒れ、その転倒に危うく巻き込まれそうになったノエインをマチルダが抱きかかえて下がらせる。

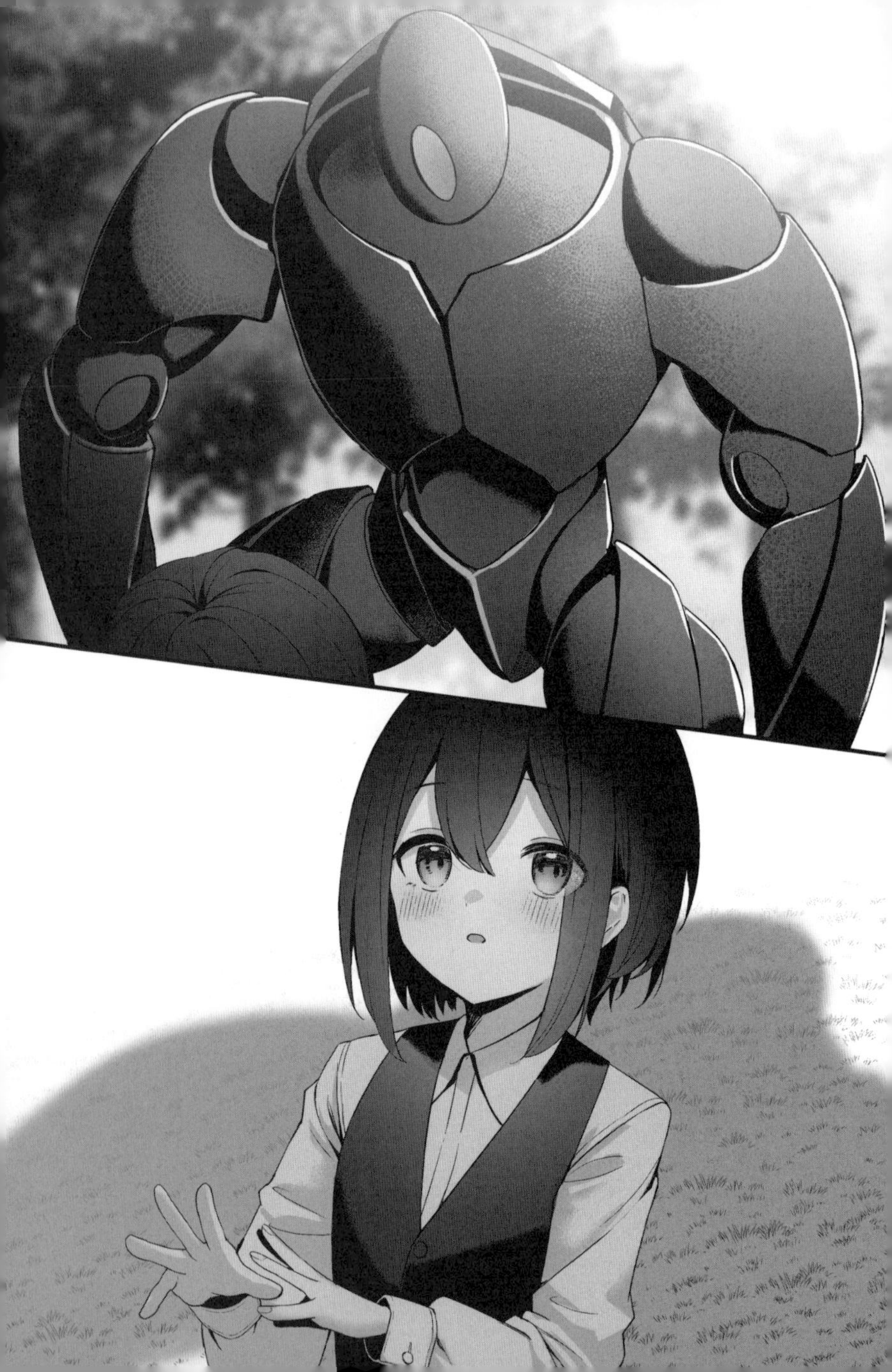

おかげでノエインは怪我をすることもなく、一方でゴーレムはずしんと重い音を立てながら無様に転んだ。

「……びっくりした。ありがとうマチルダ。助かったよ」

「ご無事で良かったです、ノエイン様」

目を丸くするノエインを、マチルダは安堵の息をつきながら抱き締めた。

その後、ノエインはもう一度ゴーレムを起動させ、ゴーレムが転んでも巻き込まれない距離を保ちながら裏庭まで歩かせる。裏庭に辿《たど》り着いたときには、ノエインは額に汗を浮かべて疲労を感じていた。

「とりあえず、今日はここまででいいや……」

「お疲れ様でした、ノエイン様。お茶をお淹れしましょうか?」

「うん、お願いするよ。凄く喉が渇いた」

「すぐにご用意します」

マチルダはそう言って離れの中に戻っていき、ノエインも室内に入ろうとして、もう一度ゴーレムの方を振り向く。

「これは、慣れるまでそれなりに時間がかかりそうだな……」

書物には、ゴーレムに物を持たせて歩かせる程度の操作に習熟するまで数か月はかかると記されていた。明日からは、地道な鍛錬の日々が始まる。

・・・・・

ノエインが一通り不自由なくゴーレムを操作できるようになるまでかかった期間は、二か月足らずだった。大きな魔法の才を持っているおかげか、ノエイン自身が器用なのか、書物にあった習熟期間よりもやや短く済んだことになる。

「とりあえず、これで荷運びくらいはこなせるだろうね」

そう言いながらノエインが操作するゴーレムは、ベッドのシーツの中に詰まった藁を天日干しするために、ベッドの木枠ごと裏庭に運び出している。

「さすがはノエイン様です。これで、立派な傀儡魔法使いとしてご活躍が叶いますね」

そう褒め称《たた》えてくれるマチルダに、しかしノエインは首をかしげた。

「ありがとうマチルダ……だけど、僕としてはまだ操作の実力に不満があるんだよね。あの書物に書いてあった傀儡魔法使いみたいには動かせないから」

ノエインが最近読んだ魔法関係の書物の中に、ロードベルク王国が建国される前、小国乱立の時代に活躍した凄腕の傀儡魔法使いの逸話が記されているものがあった。

世間的にはゴーレムは鈍重な存在として知られているが、その書物に登場した傀儡魔法使いが操るゴーレムは人間顔負けの俊敏さで動き、重労働のみならず戦いでも活躍したという。

最初は過度に誇張された逸話かとも考えたが、著者の書きぶりは「これほどの傀儡魔法使いは滅多にいない」という様子で、珍しくはあるが皆無ではない存在として触れられていた。

ということは、今よりも純粋な武が求められた昔の時代には、それほどの凄腕の傀儡魔法使いがちらほらと実在していたのではないか。鍛錬のやり方次第では、自分もその域に到達できるのではないか。ノエインはそう考えた。

「多分、今の僕に足りないのは慣れだと思うんだ」

「慣れ、ですか？　私の目には、今の時点でノエイン様は鮮やかにゴーレムを操作されているように見えます」

「まあ、初日みたいな無様を晒《さら》すことはなくなったね。だけど、僕はまだ頭で考えてゴーレムを操作してる。もっと無意識に、自分の手足を動かすように操作できるようになったとき、僕はきっとあの書物に書かれてた偉大な傀儡魔法使いと同じ域に達することができる……と思う」

自身の手足を動かすときに、いちいち「右手を上げよう」「左足を前に出そう」などと考えている者はいない。ゴーレムの身体についても自身の身体と変わらないほど無意識に動かせるようになるのが、すなわちゴーレム操作を真に極めることだ。

「僕は男としては小柄で非力だからね。この傀儡魔法は僕が唯一持ち得る直接的な力になる。ゴーレムの強さがそのまま僕の強さになるんだ。だからこそ、この魔法をもっと使いこなせるようにならないと。いつかマチルダと外の世界に出たとき、生き抜いていくために」

ノエインはそう言って、マチルダに笑いかける。

その笑顔を、マチルダはきょとんとした表情で見返した。

「マチルダ、どうしたの？」

「……私も、一緒に連れて行っていただけるのですか？　ノエイン様と一緒に？」

彼女の問いかけの意味を一瞬考えたノエインは、すぐに理解し、笑顔のまま頷いた。

「あはは、当たり前じゃない。僕はこれからもずっと、マチルダを可愛がるよ。マチルダはずっと僕のお世話係だ。だから……僕がこの家から放逐される日が来たら、君も一緒に連れて行く。幾ら払ってもクソ父上から君を買い取って連れて行く。売るのを拒否されたら、ゴーレムを使って君を攫《さら》ってでも連れて行く。絶対に連れて行くんだ」

ノエインはマチルダに歩み寄り、彼女に抱きつき、彼女を見上げる。

「僕と一緒に来てくれる？　マチルダ」

マチルダは静かに目を見開き、そして——笑った。微笑ではなく、満面の笑みだった。

「もちろんです、ノエイン様。私はこの先もずっと、あなた様のお傍でお仕えします。あなた様こそが、私の唯一の主《あるじ》です」

ノエインと笑みを交わしながら、マチルダはノエインを力強く抱き返した。

・・・・・

ひたすら長く、ひたすら単調な鍛錬を気が遠くなるほど重ねた末に、ノエインはゴーレム操作の技量を凄まじいまでに向上させた。

要した時間は一年以上。その間、ノエインは何度か魔力切れを起こして気絶し、マチルダにひどく心配をかけることもあった。ただひたすら単調な動作を反復させることに嫌気がさし、もうゴーレムなど見たくもないと思うこともあった。

それでも、ノエインはやり遂げた。まるで自分の身体のごとく直感的に、人間と変わらない滑らかさでゴーレムを操作できるようになった。

それだけでは終わらなかった。まだまだ魔力には余裕がある。集中力の面でも、鍛えればまだまだやれる。そう思ったノエインは、ゴーレム二体の同時操作に挑戦することにした。

まるで手足をそれぞれ別々に動かし、同時に複数の文字を書こうとするかのような鍛錬。それでも反復練習をくり返しているうちに、ノエインは手ごたえを感じ始めた。

まだしばらく時間はかかりそうだが、最終的には二体のゴーレムを自在に操れるようになるだろう。そう考えながら、ノエインは来る日も来る日も鍛錬を続けている。

そうして、ノエインは十二歳になっていた。

「…………はあ、煮詰まった」

現在は王暦二〇八年の秋。この日もいつものようにゴーレムの鍛錬に励んでいたノエインは、集中力が切れたことで一息つき、独《ひと》り言《ご》ちる。

見慣れた裏庭の空を仰ぎながら精神を休ませていると、その空に何か、黒い影が差した。

木柵の向こう側から飛び込んできたその影は、そのままどさりとノエインの目の前に落ちる。

それは、大きなカラスの死体だった。

「げっ」

「ぎゃはははっ！　ざまあみろっ！　げせんな妾の子！」

ノエインが思わず顔を強張《こわば》らせて声を出すと、木柵の向こうから幼稚に喚《わめ》く声と、どたばたと走り回る音が聞こえた。

声と音の正体が誰かは分かる。ノエインの異母弟であるジュリアン・キヴィレフトだ。

ノエインがこの離れに閉じ込められた当初はまだ七歳に過ぎなかったジュリアンは、十歳になった現在はそれなりに知恵と知識がついているようだった。悪知恵と、偏った知識が。

マクシミリアンと彼の正妻は、伯爵家の嫡子として生まれたジュリアンに、お前は生まれつき特別で高貴な存在だと、そして離れに暮らすノエインとその世話係の奴隷は軽蔑すべき下賤《げせん》な存在だと教えているらしかった。

彼らの教育の甲斐あって、ジュリアンはすくすくと悪い成長を遂げている。そして、時おりこうしてノエインとマチルダに嫌がらせをしてくる。

木柵の向こうからごみや動物の死体を投げ込んだり、外の林の中から大声でノエインとマチルダを侮辱する言葉を叫んだり。極めて幼稚な手口ではあるが、される側としては良い気はしない。ものを投げ込んでくる嫌がらせに関しては、気配に聡《さと》いマチルダが傍にいるときは事前に気づけるが、彼女が屋内にいたり、買い出しで不在だったりするときは、こうしてまんまと驚かされてしまう。

「ノエイン様っ！　ご無事ですか!?」

今回、マチルダは屋内で風呂の掃除中だった。おそらくジュリアンがこの離れに駆け寄ってきた時点でその足音に気づいたであろう彼女は、ジュリアンの侮辱の声とほぼ同時に裏庭へと飛び出してきた。

「僕は大丈夫だよ、マチルダ。いつもみたいに、動物の死体を投げ込まれただけだから」

ジュリアンは逃げ出したのか、その足音が遠ざかっていく中で、ノエインはマチルダを振り返って笑う。

「……そうでしたか。申し訳ございません。お傍でお守りできず」

「気にしないで。たかがジュリアン程度に僕が傷つけられることはないよ」

気落ちした様子でその場に跪《ひざまず》いた彼女に歩み寄り、優しく頭を撫でてやる。

そして、ジュリアンが投げ込んだもの――死んでいたところを拾われたのか、この嫌がらせのために殺されたのかは分からないが、とにかく死んでいる哀れなカラスを振り返る。

「……まったく」

ノエインはため息をつきながらゴーレムを一体起動させ、カラスの死体を摑ませて木柵の外に捨てさせた。

元々疲れて休憩をとろうとしていたところでジュリアンの嫌がらせを受け、気分が下がってしまったノエインは、マチルダと共に離れの中に入る。

そして、マチルダにいつものように淹れてもらったお茶を飲むと、ベッドに倒れ込んだ。

「……」

窓からベッドに降り注ぐのは、秋の柔らかな陽光。丁度よい暖かさの中でノエインは眠気を覚え、そのまま微睡《まどろ》みの中に意識を溶かしていく。

しばらく眠った後。ノエインは曖昧な意識の中で、ふと顔の近くに気配を感じた。目を開けなくても、その優しい気配がマチルダのものだと分かった。

眠ってはいないが、まだ完全に起きてもいない。気だるく心地よい感覚の中で、吐息が頰に届くほど近くにマチルダがいるのをノエインは感じる。

顔のすぐ傍に優しい気配が留《とど》まり、吐息が頰に触れる時間がしばらく続く。

おそらくマチルダは、眠る自分の顔を間近でじっと見ているのだろう。ノエインはそう思いながら、彼女が何故そんなことをしているのかは分からなかった。目を開けるか迷っていると、その唇に何か柔らかいものが触れた。

薄《うっす》らと目を開けると、マチルダは自分の顔をノエインの口元に寄せていた。触れた柔らかいものは彼女の唇だった。

マチルダはノエインの唇をついばむように、何度か口づけをしてくる。そして、そのままノエインの唇に吸いつく。その大胆な行動を終えて、ノエインの口元から顔を上げたマチルダと——今は驚きで目を見開いていたノエインの、視線がぶつかった。

「っ!!」

そこでようやくノエインが起きていることに気づいたマチルダは、ぎょっとした表情でベッドから飛び退《の》く。

「マチルダ?」

「も、申し訳ございませんっ！」

ノエインは穏やかに声をかけたが、マチルダは青ざめて言った。そして、真っ青な顔のままその場にひれ伏した。

「申し訳ございません！　奴隷の分際で、申し訳ございません！」

そうくり返すマチルダにどう答えたものかと思いつつ、ノエインはひとまずベッドを降りて床に膝をつく。

そうしてマチルダと視線の高さを合わせると、彼女に「顔を上げて、マチルダ」と、なるべく優しく聞こえるように言った。

おそるおそる顔を上げたマチルダの表情には絶望の色が浮かんでいた。そんな彼女に、ノエインは微笑みかける。

「どうして僕に口づけをしてくれたのか、教えて?」

「も、申し訳……」

「大丈夫。怒ってるんじゃないよ。ただ、マチルダが僕のことをどう思ってるのか知りたいんだ。教えて?」

口調はあくまで穏やかに、しかし真っすぐに視線を向けながら尋ねるノエインを前に、マチルダはひどく怯えていた。ノエインと会ったばかりの頃のような、見ていて哀れな怯えぶりだった。

「……お慕いしています。私はノエイン様を心から愛しています。奴隷の分際でとんでもなく身勝手な感情だとは理解しています。それだけでなく、お眠りしているノエイン様に勝手に口づけするなど、許されない振る舞いです。どのような罰も甘んじてお受けします」

まるで死を覚悟したような顔でマチルダは言った。言い終えると、彼女は目をギュッと瞑《つぶ》り、手に力を込めてノエインの言葉を待っていた。

ノエインはそんな彼女に何と声をかけようか少し考えて——何も言わず、彼女を抱き締めることにした。

「……っ?」

マチルダは一瞬ビクッと身を竦ませて、自分が抱き締められているのだと気づくと驚いて目を見開く。

「ありがとう、マチルダ。嬉しいよ。嬉しい。凄く凄く嬉しい」

今度はノエインの方が、吐息が届くほどの距離に顔を近づけてマチルダに語りかける。

「ねえマチルダ、僕のことを愛してるんだよね？　どうして愛してるの？　どんな風に愛してるの？　どのくらい愛してるの？　教えて？」

そして、そう問いかける。マチルダは数センチメートルの距離でノエインを見つめ返しながら、考えながら、ぽつぽつと語る。

「……私は、幼い頃に信じていた両親に奴隷として売られて、この屋敷で他の使用人や奴隷たちから酷い扱いを受けて、毎日絶望していました。もう一生、誰も私に優しくしてくれないのだと、世界中皆《みんな》が私を嫌っているのだと思っていました」

「……」

マチルダの生い立ちはノエインも知っている。

彼女の生家はキヴィレフト伯爵領のとある農村の小作農家で、彼女の両親は一番上の兄ばかりを大切にして、他の子供をあまり可愛がらなかった。一番上の兄以外の兄弟は、ある程度の歳になると急に家からいなくなっていった。

そんな環境でも生みの親を慕っていた彼女は、五歳を過ぎた頃に知らない男に引き渡され、金貨を手にした両親に見送られて家を出た。

そして、この屋敷に連れて来られ、わけが分からない過酷な日々の中で歳を重ね、やがて自分が両親によって奴隷商人に売られたのだと理解した。他の兄弟たちも奴隷として売られ、あの日ついに自分の番が来たのだと知った。

そんな過去があったのだと、ノエインはこれまでに彼女から聞いていた。

「ですが、ノエイン様は違いました。ノエイン様は私に優しくしてくださいました。ノエイン様は……あの日、初めてお会いした日、私を撫でてくださいました。抱き締めてくださいました」

マチルダの目から涙が零れ出す。

「あの日から私の人生は変わりました。いえ、始まりました。それまでの私に人生はありませんでした、私は無でした。今の私は幸福で満たされています。全てノエイン様に与えていただいた幸福です。私はノエイン様から人生をいただきました。だから……」

泣きながら想《おも》いを語るマチルダがたまらなく可愛くて、ノエインは彼女の頬に手を添えた。マチルダはその手に自分の手をそっと重ねながら、なおも語る。

「だから、私はノエイン様を心から愛しています。私の全てをノエイン様にお捧《ささ》げしたいと思っています。私の身体の全てを、髪の一本から血の一滴まで全てをノエイン様のものにしていただきたいです。私の全ての時間をノエイン様のために使いたいです。私の心の全てを、ノエイン様を愛することに使いたいです。私はノエイン様の一部になりたいです。ノエイン様が私の生きる意味の全てです。愛しています。申し訳ございません。愛しています」

マチルダが長い告白を終えて、それを聞いたノエインは――笑みを浮かべた。

「あぁ……」

そして、吐息を零した。

これが愛か。そう思った。

愛、という概念は知識として知っている。様々な書物にそれは出てきた。伴侶に、親に、子に、友に。人が人に捧げる最も大きな好意として、愛は幾多の物語の中に、歴史の中に、手記や日記の中に記されていた。

それを今、ノエインはマチルダから受け取った。彼女のおかげでノエインは愛を知った。

いや、今までも受け取っていたのだろう。かつて可愛がったリスや雛鳥とは違う、もっと奥深くもっと熱い感情をマチルダが自分に向けてくれていることは、ノエインも何となく気づいていた。それこそが愛だったのだ。

確かな熱と感情と共に「愛している」と告げられ、言葉を尽くして自分のことをいかに大切に思っているか、特別に思っているかを語られる。自分のために涙を流される。自分が与えたものを肯定され、自分自身を肯定される。

愛とは何と素晴らしいものだろうか。愛を受けるとは、何と幸福なことだろうか。

ノエインは自身の心の内が満たされるのを感じた。それは身が震えるほどの高揚を伴い、同時にこれさえあれば生きていけると思えるほどの安らぎを伴う、かつてない、全能の幸福だった。

「……マチルダ」

ノエインは自分を愛してくれる目の前の存在の名前を呼びながら、彼女を抱き締める。

「ありがとうマチルダ。僕は……僕も、君を愛してる。マチルダのことを心から愛してる」

今までマチルダを可愛がるときに感じていた、彼女と触れ合うときに感じてきた、不思議な気持ち。リスや雛鳥を愛玩していたときとは違う、もっと複雑で壮大な気持ち。孤独も不安も、あらゆる負の感情が溶け去っていくような気持ち。

これが愛なのだろうとノエインは思った。自分はマチルダを愛していたのだと、この不思議な気持ちが愛だったのだと確信した。

「……これは、夢ではありませんか？」

ノエインに愛を伝えられたマチルダは、呆然《ぼうぜん》としながらそんなことを呟く。

「あははっ、もちろんだよ。だってこんなにあったかいでしょう？」

そう言いながら、ノエインはマチルダを一層強く抱き締める。互いの心臓の鼓動が感じられるほどに二人の身体が密着して、体温を伝え合う。

ノエインの肩にマチルダの涙が零れ落ちて、服の襟を温かく濡らした。

マチルダの両腕がノエインの背中に回り、ノエインは少し痛いと感じるほどに強く抱き締められる。ノエインにしがみついたマチルダの身体が小さく震える。

「……私は世界一幸福な奴隷です」

マチルダの熱い吐息がノエインの耳にかかる。

「僕も幸福だよ、マチルダ。君の愛が僕を幸福にしてくれたんだ」

そう答えながら、ノエインはマチルダを抱き締める手を少し緩めて、彼女と目を合わせる。マチルダの顔に両手を添え、まつ毛が触れ合うほどの距離で彼女を見つめる。

「僕たちはずっと一緒だ。一生一緒だ。一緒に生きて、一緒に歳をとって、一緒に死のう。ずっとずっと愛し合おう」

マチルダの潤んだ目が大きく見開かれ、とめどなく涙が溢《あふ》れる。

「マチルダ、これからもずっと僕の傍にいてくれる？」

「……………はい。どうかあなた様の傍で、私の全てを捧げさせてください」

滂沱《ぼうだ》の涙を流しながら答えたマチルダに優しく微笑み、ノエインは唇を寄せた。

二人の唇が重なり、二人の吐息が混ざり合う。

最初よりも甘美で、もっとずっと深い口づけは、その後もしばらく続いた。

・・・・・

「では、確かにお渡ししました」

「うん、確かに受け取ったよ……ご苦労さま」

ノエインが一応は労《ねぎら》いの言葉をかけてやりながら顔を上げると、メイド長はそれを聞いていなかった。

既にこちらに背を向けて歩き去り、林の小道の向こうへと消えていくメイド長を皮肉な笑みで見送りながら、ノエインは彼女が持ってきた手紙——憎き父マクシミリアンからの手紙を開く。

父が自らこの離れに来ることはないが、彼からノエインに用があるときは、こうしてメイド長が手紙を届けに来る。それも年に一度あるかどうかだが。

「ノエイン様、どのようなご用件でしたか？」

立ったまま父からの手紙を読んでいたノエインに歩み寄り、マチルダが尋ねた。

「ほら、僕の将来の処遇についての話だったよ」

そう言って、ノエインは彼女の方にも手紙を向けてやる。今年で十四歳になるノエインの身長は以前と比べれば伸びたが、それでも小柄で華奢《きやしや》であることは変わりなく、女性にしては背の高いマチルダはノエインの肩越しに手紙を覗き込むような姿勢になる。

「……なるほど。ノエイン様が予想されていた通りになりましたね」

その手紙には、一年後、すなわちノエインが十五歳になる王暦二一一年になったら、ノエインをキヴィレフト伯爵家から追い出す旨が書かれていた。

予想していたことではあるが、これで放逐の事実が確定したことになる。いざ本当に自分が外の世界に出る日が来るのだと思うと、何とも言えない奇妙な感慨があった。

「だけど、これじゃあどんな風に追い出されるのか分からないね。追い出された後の扱いも」

ノエインがため息をつきながら見つめる手紙には、ただ一文「お前が十五歳になる王暦二一一年の初頭にキヴィレフト伯爵家と縁を切らせ、家から出て行かせるのでそのつもりでいるように」と書かれている。

追い出された後はどうなるのか。手切れ金などはもらえるのか。この領都ラーデンやキヴィレフト伯爵領そのものからも追い出されるのか。何も分からない。おそらく外で自身の出自を明かさないように、口止めは厳しくされるだろうが。

「……まあ、いいや。自由になれるのならそれでいい。今から少しずつ、外の世界で生きていくための準備をしていこう」

「はい、ノエイン様」

ノエインが不敵に笑いながらマチルダに頭を預けると、マチルダはノエインを後ろからそっと抱き締め、笑みを返した。

・・・・・

そして月日が流れ、ノエインが十五歳になる王暦二一一年。年が明けてから間もなく、その日は訪れた。

「……久しいな、ノエイン」

「はい。父上……いえ、キヴィレフト伯爵閣下」

およそ六年ぶりに顔を合わせた、実の父であるマクシミリアン・キヴィレフト。何の前触れもなく離れを訪れた彼と、ノエインは対峙《たいじ》する。

彼を父と呼ぶだけで虫唾《むしず》が走る。彼も自分に「父上」などと呼ばれるだけで同じ気分だろう。なのでノエインは、わざわざ「キヴィレフト伯爵閣下」と他人行儀な呼び方に直してやった。

せっかくのノエインの気遣いに、しかしマクシミリアンは苦々しい表情になる。小さく舌打ちをして、また口を開く。

「お前が私の血を分けた子として周囲に知られてしまっているせいで、私はお前を、自分の若き過ちの証を十五年も食わせてやる羽目になった。これがどれほど面倒で不愉快なことだったか――」

長々と、自分勝手で自己中心的な理屈を並べ立てるマクシミリアンに対して、ノエインは穏やかな表情を保つ。父がこのような人間だということは分かりきっている。今更この程度のことで感情は動かない。

そして、マクシミリアンが語ったのは、ノエインに領地とは名ばかりの森を底辺爵位と共に押しつけるという話だった。

「――開拓資金として幾ばくかの手切れ金もくれてやる……それでよいな？」

そう来たか、とノエインは思った。ほんの少しだけ、父の立ち回りに感心した。

面倒な庶子と辺境の飛び地をまとめて片づける一手。王家には「飛び地は庶子に継がせて縁を切り、独立させた」と言えば面目が立ち、ノエインが開拓に失敗して野垂れ死んでもそれはアールクヴィスト士爵としての責任なので、縁を切ったキヴィレフト伯爵家は責任をとらなくていい。一族が絶えた貴族の領地は王家の土地となる。

そして、ベゼル大森林の端を切り分けただけの領地とも呼べない土地など、開拓に成功する確率は高くない。野垂れ死にまではしなかったとしても、森を切り開いてなんとか作った貧しい農村の領主で一生を終えるのがせいぜいだ。普通なら誰もがそう思う。

少なくともマクシミリアンが生きている間は、ノエインが貴族として台頭し、邪魔な存在になる可能性は限りなく小さい。小物の父が考えたにしては鮮やかな手だ。

ノエインはフッと息を吐いて笑い、答える。

「あとひとつだけ……伯爵家の奴隷を一人買い取っていきたいのですが、よろしいでしょうか?」

今後の生き方において、ノエインが唯一決めていたこと。マチルダと共に生きていくということ。

それを果たすために、ノエインは父に切り出した。大勢所有する奴隷の一人になどまったく興味がなさそうな父との短い交渉の末、マチルダを五万レブロで買い受けることになった。

ノエインがマチルダに高度な教育を施したことを、マクシミリアンは知らない。買い物をこなせる程度の計算ができるだけの労働奴隷だと思っているはずだ。その彼女の値が五万レブロというのは、相場よりも明らかに高い。

しかし、ノエインは父の言い値で承諾した。値切ろうとして「では売るのは止《や》める」などと言われてはたまらない。ノエインにとってマチルダは金に換えられない価値のある存在だ。

「では、二週間後までにここを出ていくように。私物をまとめておけ……お前が傀儡魔法の才を得たことは聞いていたが、ゴーレムやら何やらよくもまあ買い揃えたものだ。どれも元は私の金で買ったものだろうが……ああ、私の与えた小遣いで買ったものを持ち出すのだ。持ち出し料を取ろう。五万レブロだ」

「はっ？」

ノエインは思わず声を上げた。ものを持ち出すだけでマチルダの価格と同じ金を取るとは。我が父ながら呆《あき》れ果てる狭量さだ。そう思ってしまった。

「文句があるのか？　これら一切の持ち出しを禁じてもいいんだぞ？」

「……いえ、構いません。五万レブロ支払いましょう」

「それでいい。今は私も何かと入用だからな。年明けのパラス皇国との紛争に派兵するために、傭《よう》兵《へい》を雇い集めなければならんのだ。貴族が義務を果たすには金がかかる。お前も覚えておくといい」

「……」

五万レブロなど、個人の小遣いならばともかく貴族家の予算としては大した足しにはならないだろう。わざわざ自分から搾り取る必要はない。その程度の額を用立てるのは、キヴィレフト伯爵家の財力を考えると造作もないはず。

そう思ったが、ノエインは口には出さなかった。これ以上父と話しているのは馬鹿らしい。

「では、話は終わりだ……ふん、こんな狭苦しくて獣臭い離れに、よく六年も住んでいたものだな」

閉じ込めた張本人とは思えない台詞《せりふ》を最後に吐き捨て、マクシミリアンは出て行った。

ノエインは呆れ顔でマチルダの方を振り返り、彼女と目を合わせる。

「というわけだよ、マチルダ。僕は領主貴族になるらしい」

「……おめでとうございます、と申し上げてよろしいのでしょうか」

微妙な表情の彼女に、ノエインは小さく笑った。

「ふふっ、まあ、そうだね……悪くはないんじゃないかな。幸福に生きるためには都合がいいよ」

キヴィレフト伯爵家を追い出されたら、ノエインは商会か農園でも始めるつもりでいた。そこで様々な人間を雇い入れ、慈愛を与え、彼らからも愛を受け取って幸福に暮らすつもりでいた。

マチルダからの愛を得て絶大な幸福を感じた経験から、ノエインはもっと多くの愛を、溢れるほどの愛を得たいと、それこそが自身の求める幸福だと思うようになっていた。

領地と爵位を与えられるというのは、考えようによっては悪くない。

辺境の森の開拓は決して楽ではないだろうが、成功を収めれば、多くの民に囲まれる領主という、慈愛を与えて親愛や敬愛を受け取るのにうってつけの地位に立てる。自身の理想通りの楽園を、自由に作ることができる。

「それに、僕なら普通の人間よりは開拓の成功率も高いよ、きっと」

ノエインは裏庭を振り返る。そこには二体のゴーレムが鎮座している。

今では、ノエインは二体のゴーレムを同時に、自在に操ることができる。鎮座するゴーレムたちはアレッサンドリ魔道具工房によって幾度も改造を重ねられ、ノエインが扱うのに最適な状態に仕上げられている。開拓作業にはうってつけの戦力となるだろう。

「……僕は開拓を成功させるよ。そして理想郷を作る。僕の領地にたくさんの人を集めて、領主として全員を慈しんで可愛がる。そうしたら臣下も領民もきっと僕を愛してくれる。慕ってくれる。そんな理想郷で、僕はずっと幸福に暮らすんだ。大きな幸福を得て一生を送るんだ。それが……それが、僕の父への復讐《ふくしゅう》だ」

ノエインは手に力を込めながら語る。

「父は僕から十五年を奪った。最後の六年はこんなところに閉じ込めた。今も、僕に辺境を押しつけて、僕を不幸のどん底に落としたつもりでいる。そんな思惑通りになってたまるか。閉じ込められてる間に得た知識や能力を活《い》かして、父に押しつけられた立場を利用して、僕は幸福になってみせるんだ……」

そして、マチルダにこれ以上ないほど優しい笑みを向けた。

「だからマチルダ、君は僕の復讐を見守って、僕と一緒に幸福になってほしい。誰よりも近くで僕を愛し続けてほしい……僕と一緒に来てくれる？」

「もちろんです、ノエイン様」

マチルダは一瞬の迷いもなく答えた。

「私はノエイン様の一部です。ノエイン様は私の全てです。ノエイン様がおられる場所が、私がいるべき場所です。どのような場所にもお供します。どこまでもお仕えします。どうかこれからもずっと、あなた様の一番近くにいさせてください」

「……ありがとう、マチルダ」

ノエインはマチルダを抱き寄せ、マチルダはノエインを抱き包む。

「ふふっ、これからきっと楽しくなるね……楽しい復讐をしよう。幸福に生きるという復讐を」

この日、最愛の女性の腕の中で、ノエインはノエイン・アールクヴィストとなった。

「……っ」

目を覚ましたノエインは、自分がケーニッツ子爵家の王都別邸、滞在中にあてがわれている客室にいるのだと理解した。

随分と長い夢を――子供の頃、マチルダと生家の離れで暮らしていた頃の夢を見ていた。まるであの頃を、自身の半生を振り返るように。

数日前、憎き父と再会し、意趣返しをしてやった。そして昨日、国王オスカーが憎き父と会い、ノエインとその周囲に手を出さない誓約を結ばせたと、王家から報告が届いた。

今さらこのような夢を見たのは、久しぶりに父の顔を見て、彼への復讐《ふくしゅう》において一定の成果を収め、大きな一区切りを越えたからだろうか。そう思いながらノエインが隣を向くと、そこにはマチルダがいた。彼女はノエインに寄り添うように寝転がり、ノエインが眠る様を静かに見守っていたらしかった。

「……おはよう、マチルダ。少し寝すぎたかな？」

窓の方を見ると、既に早朝とは言えないほどに日が昇っている。ノエインの呟《つぶや》きに、マチルダは微笑を浮かべた。

「今は午前九時頃です」

「そっか……昨日、飲みすぎたせいかな。寝坊したのは」

王家からの報告を聞いたノエインは、昨日はマチルダとクラーラと共に、部屋でワインの杯を囲んで祝い合った。深酒のせいか、あるいは高揚してはしゃぎすぎたか。そう思いながら、照れ笑いを浮かべる。

今日は特に予定もない。明日、帰路につくのに備え、身体《からだ》を休めておくだけ。なので寝坊したとしても、特に焦る必要もない。

「クラーラは？」

「居間でレオノール様とお茶をしておられます」

「そっか……」

ノエインは身体ごとマチルダの方を向き、彼女を抱き寄せる。

「……しばらく、こうしていたい」

「かしこまりました、ノエイン様」

まるで子供の頃のように、甘えながら抱き着くノエインを、マチルダは優しく抱き返す。

・・・・・

その翌日。アールクヴィスト準男爵家の一行は王都を発《た》つ。

「アルノルド様、レオノール様。王都滞在中は本当にお世話になりました」

「気にするな。娘夫婦を泊めてやるのは当然のことだ」

妻レオノールと共に見送りに出てきたアルノルドは、ノエインの言葉にそう答える。

「私たちも一週間後には帰路につく。お前たちに少し遅れて領地に帰るだろうから、何かあったらまた来るといい」

「はい、お母様」

「クラーラ、準男爵になられたアールクヴィスト閣下をよくお支えして差し上げてね」

ノエインの隣に寄り添いながら、クラーラが母レオノールに頷《うなず》いた。

「それでは、帰路も気をつけてな」

「はい。ではまた」

義父と言葉を交わし、ノエインは妻とマチルダ、臣下たちと共に出発した。

護衛に囲まれた馬車は貴族街を抜け、王都の大通りに。数週間を過ごした大都会の街並みを眺めていると——静かに、馬車が停止する。

「……ヘンリク、何かあった？」

「他の貴族様の馬車ですだ」

ノエインが尋ねると、御者台に繋《つな》がる窓からヘンリクが答える。

馬車の側面の窓からノエインが顔を出すと、二つの通りがぶつかる位置で、アールクヴィスト準男爵家の馬車と別の貴族家の馬車が鉢合わせし、互いに一時停止していた。

相手側の馬車を見て、ノエインは小さく片眉を上げる。よりにもよって、この帰り際に出くわすとは。不思議な因果だと考える。

記憶に刻まれた家紋と、幼い頃に屋敷の敷地内で何度か見かけた馬車。見間違えるはずもなかった。鉢合わせしていたのは、キヴィレフト伯爵家の馬車だった。

成金趣味の派手な馬車を囲む護衛の多さから考えて、中にはおそらくマクシミリアンと妻と子の全員が乗っている。これから家族揃《そろ》ってどこかへ買い物にでも行くのか。いや、昨日の今日で彼らもそんな気分にはなれないだろう。不愉快な思い出ばかりとなった今回の滞在を切り上げ、領地に帰るところか。

そんなことを思いながら彼らの馬車を見ていたノエインは、フッと笑みを浮かべた。

「お先にどうぞ」

呟くように言って、ノエインは先に行ってくれるよう手振りでキヴィレフト伯爵家の一行に示した。こうして王都で貴族の一行が鉢合わせした場合、格下の側が道を譲ると慣習で決まっている。ノエインはアルノルドからそう習っている。

ノエインの手振りを受けて、キヴィレフト伯爵家の一行が進み始める。こうして道を譲られた側は、相手が顔見知りなら窓を開けて挨拶くらいはするものだが、マクシミリアンが馬車の窓から顔を見せることはない。

当然だ。マクシミリアンにとって、自分は今この世で最も顔を合わせたくない相手だろう。そう考えたからこそ、ノエインも不快感は覚えない。

憎き父を乗せた馬車が、ノエインの乗る馬車の前で通りを曲がり、進んでいく。そして、アールクヴィスト準男爵家の一行も進み始める。

王国の北西部に帰るノエインたちが目指す門とは別の方向に向けて、憎き父が遠ざかっていく。それを、ノエインは窓から眺める。

隣に座るマチルダが、ノエインの手をそっと握った。ノエインもその手を握り返した。

「……」

次にマクシミリアンと会うのは、また王都で主要貴族の集うような宴《うたげ》などが開かれたときになるだろう。そこで彼を見かけたとしても、直接言葉を交わすかは分からない。もしかしたら、二度と話すことはないかもしれない。

だからこそ。

「……どうか末永くお元気で、父上」

誰に聞かせるためでもなく、ノエインは言った。

マクシミリアンには壮健でいてもらわなければならない。縁を切って捨てた庶子が生き続け、成功を重ねていく噂《うわさ》が聞こえてくる中で、喉に小骨が刺さったような感覚を抱きながら、長生きして

もらわなければならない。

それが、自分の選んだ復讐だ。これからもできるだけ長く、彼には自分の復讐に付き合ってもらわなければならない。それが彼の、父親としての責任であり義務であろう。

最後にまたひとつ、笑みを零《こぼ》し、ノエインは馬車の窓を閉じた。あとは帰るだけだ。

・・・・・

帰路も何事も起こらず、ノエインたちは行きと同じ程度の日数でアールクヴィスト領に帰り着いた。

領主家の屋敷の門を潜《くぐ》ると、出迎えるのは臣下一同。その中心には領主代行を務めていた従士長ユーリが立っている。

「アールクヴィスト準男爵閣下、並びに奥様。ご無事でのご帰還、何よりにございます」

ノエインとクラーラが馬車を降りると、出迎えの者たちが一斉に礼をする。ユーリが敬礼をしながらそう述べる。

「出迎えありがとう、従士長……僕がいない間、何か変わったことはあったかな？」

「いえ、ございません。アールクヴィスト領は平和そのものでありました」

あらたまった場であるため丁寧な口調で答えるユーリに、ノエインは笑顔で頷いた。

「それは何よりだよ。領主代行の務め、ご苦労だった。詳しい報告はまた後で聞こう……皆《みんな》も、出迎えありがとう。それぞれの仕事に戻っていいよ」

領主の言葉を合図に、その場が動き出す。荷物の運搬や馬車の片付けが始められ、この場で仕事のない者はそれぞれの仕事の場に戻っていく。

「それで、ノエイン様。式典や宴はどうだった？……父君との再会は？」

「どれも楽しかったよ。再会もまあ、十分すぎるくらいにうまくいったよ」

くだけた空気になったことで口調を崩すユーリに、ノエインはほっと息を吐きながら答える。ようやく領地に帰ってきたことで、安堵《あんど》を覚える。

「そうか。ノエイン様のことだから心配はしていなかったが、成功したのなら何よりだ」

「ありがとう……それと、いくら僕の血縁上の父だからって、あの人を『父君』なんて呼ばなくて大丈夫だよ」

「……そうか、分かった」

皮肉な笑みを浮かべてノエインが言うと、ユーリも微苦笑を零して答えた。

「王家に献上する武器類とジャガイモの件は聞いてるよね？」

「ああ、早馬で報《しら》せが届いている。武器類はダミアンが鋭意製作中だ。褒賞の件を聞いたらいつも以上に張り切って、寝ずに仕事に打ち込もうとするから、クリスティとメイドたちがよく見張ってくれている」

「あはは、ダミアンらしい話だね」

「それと、ジャガイモの方も問題ない。エドガーとケノーゼが、王家にジャガイモを送るための計画を立ててくれている」

「そっか。真面目で几帳面《きちょうめん》なあの二人が手がけてくれてるなら、何の問題もないね。後は――」

互いに簡単な報告を交わしながら、ノエインはユーリと共に屋敷に入る。そうして、領地に帰ってきたことをあらためて実感する。

・・・・・

今回の王都滞在で、ノエインは憎き父と対峙《たいじ》し、彼に意趣返しを成し、自身の復讐に大きな一区切りをつけた。それは復讐相手だけでなく、子供の頃の自分との対峙でもあった。

自分は何故《なぜ》、復讐を始めたのか。何故ここで辺境開拓を進めながら、庇護《ひご》下の者たちに愛と幸福を与え、自分自身も愛と幸福に包まれて生きようとしているのか。

復讐のために行動することで。復讐について周囲に語ることで。復讐に手応えを感じることで。過去を振り返るような長い夢を見ることで。ノエインは内省した。王都での日々は言わば、過去を見つめる日々だった。

そして、ノエインはアールクヴィスト領に帰ってきた。

過去は存分に振り返った。ここからは再び未来を見据える。未来のために行動する。そう考えながら、ノエインは動き始める。

これから始まる、アールクヴィスト準男爵としての領地運営。それに向けてノエインがまず初めに行うと決めたのが、新たな従士の登用だった。

南西部国境での大戦が終わった後も、アールクヴィスト領への移住希望者は続々とやってきている。領地の人口が千人の大台に届く日もそう遠くない。準男爵家で、抱える領民が千を超えるとなれば、貴族家としては今までの規模では不足となる。

よって、譜代の臣下を増やすことは必要不可欠。領主夫人であるクラーラや、ユーリたち側近とも話し合った結果、ノエインはそのような結論に至った。

そして、新たな従士の選定と任命はすぐに始まった。この日、ノエインの執務室に呼ばれているのは、領軍兵士のダントとリックだった。

「――以上の功績を認め、領軍兵士である領民ダント、及び領民リックの両名を、新たにアールクヴィスト準男爵家の従士に任命する。この地位は汝《なんじ》らの子々孫々にも受け継がれるものである。以後もアールクヴィスト家のため、そしてアールクヴィスト領のために力を尽くすように」

片膝をついて首《こうべ》を垂れる二人の間で、ノエインは領主として厳かに言う。

室内には他にも、従士任命の見届け人として従士長ユーリ、副長ペンス、そしてノエインの従者としてマチルダがいる。

「ありがたき幸せにございます、閣下」

「これからもアールクヴィスト家に変わらぬ忠誠を誓い、身命を賭して務めを果たします」

アールクヴィスト領の黎明期《れいめいき》から領民の筆頭として尽力し、軍人となってからもそれぞれの能力を活《い》かして功績を上げてきたダントとリック。

武門の従士を増やす上で真っ先に名前が挙がったのが、彼ら二人だった。ノエインとしても、彼ら二人以外に適任者はいないと思っていた。

そして今日、彼らは正式にアールクヴィスト準男爵家の従士となった。

「二人ともおめでとう。これからの君たちの働きに、領主として期待しているよ……以上だ。下がってよろしい」

厳粛な空気を一瞬だけ崩し、二人に祝いの言葉をかけたノエインは、すぐに口調を戻して言う。

「「はっ」」

それに従い、ダントとリックは立ち上がって敬礼し、退室した。

部屋を出ても、そこは領主家の屋敷。二人は態度を崩すことなく、きびきびと歩く。

そして屋敷の外に出たところで、初めて顔をほころばせた。

「……やったな、ダント！」

「ああ、俺たちもついに正式な従士だ」

喜色満面で肩を叩《たた》いてきたリックに、ダントも笑みを浮かべて答える。

ダントもリックも、故郷の村では若手村民の中心となり、村長の継嗣であるエドガーを支えていた。いずれエドガーが村長を継いだら、二人はその側近として故郷を守っていくつもりだった。

その故郷を失い、幸運なことに新たな安住の地を得てからは、エドガーとも力を合わせて、自分たちを迎え入れてくれた領主ノエインのために尽力してきた。ラドレーをはじめ武門の従士たちに鍛えられ、創設された領軍に入り、職業軍人になった。

そして今日、従士になった。今までも周囲から一目置かれている自負はあったが、その立場と比べても、正式な従士という身分は別格だった。

仕える主君の領内において、従士はまさに「従士様」だ。一般平民とは一線を画す身分だ。おまけにこの身分は、継嗣がよほどの無能でない限りは世襲となる。

平民の人生においては、現実的に考え得る最高到達点と言っていい。田舎の農民として始まった人生で、ここまで来た。数年前までは想像もできなかった大出世。上出来すぎるほどに上出来だ。

二人ともそう思っていた。

「お前は士官としての才能があるから、いつかはこうなると思ってたよ。だけど、まさか俺まで従士に任命されるなんてな……」

「何言ってんだ。お前は成人する前から狙撃の達人だったし、その能力をクロスボウやバリスタでも発揮してきた。お前こそ従士に任命されて当然だ……さあ、今夜は盛大に祝うぞ」

互いの実力を認め合い、二人揃っての出世を喜び合いながら、ダントとリックは家に帰る。

同じ日。別の時間。ノエイン以下、同じ顔触れが揃う執務室に呼ばれたのは、鼠人《ねずみびと》の領民ケノーゼだった。

「……本当に、私が従士の身分をいただいてもよろしいのでしょうか。私はまだアールクヴィスト領に来て日が浅く、実績も積んでおりません」

「そんなことはないよ。君は先の大戦で、他の徴募兵たちを懸命に鼓舞しながら、先頭に立って戦い続けていたじゃないか。君のあの奮闘があったからバレル砦《とりで》は陥落しなかったし、僕もアールクヴィスト領に帰ることができたんだ。それだけでも十分すぎる実績だ」

まだ少し困惑の見えるケノーゼに、ノエインは穏やかな声で話す。

「それに、君はあのジノッゼの息子だ。僕はジノッゼの犠牲と献身に報いたいと思っているからこそ、君を従士として登用すると決めた。ジノッゼに教育された君にはそれだけの能力があると思っている」

今やアールクヴィスト領民の三割弱が獣人。彼らは今のところ普人の領民たちともそれなりにうまくやっているが、種族の違いによる揉《も》めごとも皆無ではない。

領内社会を平穏に維持することを考えた場合、彼らの代表となる獣人の従士も必要不可欠。獣人たちの中に従士としてある程度の発言権を持つ者がいれば、種族間の問題を把握することも、それに対応することも容易になる。

となれば、適任者はケノーゼしかいない。彼はジノッゼの息子であり、若く将来性に溢《あふ》れ、能力的にも申し分ない。さらに、多くが農民である獣人の代表が、農務を統括するエドガーの下につくのも丁度良い配置となる。

そうした言わば政治的な事情に加え、ノエイン個人のケノーゼに対する期待もあり、彼を従士にするという決定がなされた。

「だからケノーゼ。どうか引き受けてほしい」

「……かしこまりました。このケノーゼ、従士として全身全霊をかけてアールクヴィスト準男爵家に仕え、忠節を尽くすことを誓います。必ずやいただいたご恩にお応えしてみせます」

覚悟を固めたらしいケノーゼは、一礼して答えた。

「よく言ってくれた。これからの君の働きに期待しているよ……君には引き続き、エドガーの補佐として、主に獣人の農民たちをまとめてもらいたい。具体的な仕事の話は後日、あらためてエドガーと確認してほしい。僕からも彼に伝えておくよ」

「かしこまりました」

「それでは、従士ケノーゼ。下がってよろしい」

入室前と比べて一段凛々《りり》しくなった顔で、ケノーゼは退室していった。

その日最後に呼ばれたのは、クリスティだった。

彼女に報せを伝えたのは、彼女の奴隷としての上司でもあるマチルダ。ノエインが呼んでいるからすぐに来るよう言われ、クリスティは急ぎ領主執務室に入った。

「ノエイン様、お呼びで――」

部屋に入ったクリスティは、いつもとは違う厳かな空気が室内に漂っていることを感じ取り、言葉を止めた。

「クリスティ、僕の前に来なさい」

「……はい、閣下」

クリスティはノエインの前に進み出ると、両膝をついて胸の前で手を交差させた。奴隷が目上の者に対して最大限の礼を示す際の姿勢だった。

「クリスティ、床につくのは片膝だけでいい。そして両手を重ねるんじゃなくて、右手を左胸に当てるんだ」

それを聞いてはっと目を見開くクリスティ。ノエインは自分に、平民の礼をするように言っている。これが何を意味するか。

「アールクヴィスト準男爵家所有奴隷クリスティ。汝はジャガイモの効率的な栽培方法の確立、大豆による油生産の実現、さらに甜菜《てんさい》による砂糖生産の成功など多くの成果を上げた。また、従士ダミアンに対する汝の提言によって、型鍛造という手法が確立され、アールクヴィスト領の工業生産力は飛躍的に向上した。これらはいずれも、特筆すべき素晴らしい働きである」

ノエインの言葉を聞きながら、クリスティは小さく震えていた。

「これらの働きを認め、その貢献に報いるため、今このときをもって汝を奴隷身分から解放する」

「……望外の、喜びにございますっ」

涙が零れないようにこらえながら、クリスティは答えた。

奴隷に落ちたばかりの頃、クリスティは心を腐らせた。こんな境遇は自分にふさわしくないと現実を認めず、周囲の人間に当たり散らして現実から逃避した。

その認識は主《あるじ》であるノエインによって改められた。クリスティは不敬罪で処分されてもおかしくない振る舞いをしていたにもかかわらず、自分が奴隷落ちした現実を直視して、その中で努力する機会を与えられた。

そしてクリスティは努力を重ねた。人一倍熱心に仕事に励み、より成果を上げるため自分で考え、行動し、結果を示してきた。

それは今、奴隷からの解放というかたちで実った。今までの働きを認められた。自らの努力で自由を得た。

「クリスティ、君は自由になった。君が望むなら故郷の家族のもとに帰ってもいい。だけどできれば、これからもこの領に残って、アールクヴィスト準男爵家に仕えてほしい。そうしてくれるのであれば、僕は君を従士に任命したい」

ノエインにそう言われた瞬間、クリスティの答えは決まっていた。

継嗣である兄と家の事業を守ることを選び、実の娘である自分を借金返済のために売った家族のいる生まれ故郷。そして、奴隷身分である自分の働きを認め、働きに報いてくれる主のいるこのアールクヴィスト領。どちらにいる方が幸せかなど、考えるまでもない。

「もちろんです、ノエイン様。今はアールクヴィスト領が私の故郷で、ここが私にとって唯一の居場所です。ここで働き、この地とノエイン様に貢献することが私の生きる意義です。今後は従士として、アールクヴィスト準男爵家に不動の忠誠を誓います」

明日からも、一年後も、十年後も、一生涯、自分のやることは変わらない。仕事に励むだけだ。しかし、奴隷として選択肢のない中で働くのではない。自分でこの場所を選んで、ここで働くのだ。それはクリスティにとって、まったく意味が違うことだった。

「よかった、ありがとう……それでは今ここで、汝を新たにアールクヴィスト準男爵家の従士に任命する。今後もその働きをもって、忠誠を示すように」

「必ずやご期待にお応えしてみせます、閣下」

クリスティは恭しく頭を下げると、退室していった。目に嬉《うれ》し涙を浮かべ、清々《すがすが》しい顔で部屋を出ていった彼女を見て、ノエインも思わず微笑《ほほえ》む。

傍らを見ると、普段は人前では無表情を崩さないマチルダも少し優しい顔になっていた。

「……マチルダ、クリスティに声をかけてあげたいでしょう？　行ってあげて」

「……では、少し失礼します」

クリスティがこの領に奴隷としてやって来た当初から何かと彼女に手を焼かされたマチルダにとっては、彼女は可愛《かわい》くも手のかかる後輩。祝福してやりたい気持ちもあるだろう。そう思ってノエインが言うと、マチルダは退室したクリスティを追っていった。

「……クリスティを〝再教育〟した日が懐かしいですね」

「二年半くらいか。案外早かったな」

室内に残ったのはノエインと、ユーリとペンス。やや弛緩《しかん》した空気が漂い、ペンスが微苦笑を零す。それに、ユーリも小さく嘆息しながら答える。

「だけど、彼女はちゃんと結果を示したからね。十分以上の結果を」

高い教養を持つこともあり、二十八万レブロという破格の高値で購入されたクリスティ。その費用は、彼女が今までに挙げた成果で回収できている。ジャガイモの効率的な栽培と、大豆油の生産と砂糖の生産。直接的な利益と間接的な利益を合わせたら、クリスティにつけられた値段の数倍ではきかないだろう。

奴隷として働いた年数は関係ない。結果こそが、彼女を奴隷身分から解放して従士に登用するに値すると証明している。

己の力で人生を切り開き、自身の所有物から臣下になったクリスティを思い、ノエインは笑った。

別の日。ノエインはアレッサンドリ魔道具工房を訪れていた。

「――というわけだから、君の貢献に領主として報いるために、褒賞を贈ろうと思ったんだ。君の功績を認める書状と、他にも何か実益のある褒賞をね」

ノエインが言う横で、書状の収められた筒をマチルダがダフネの前に置く。

書状にはノエインの名で、ダフネの功績を称《たた》える文言が記されている。これを工房内にでも飾れば、彼女の職人としての実力や信用を示す上で大きな説得力を発揮する。

「ノエイン様に功績を認めていただけるのは、とても光栄なことだと思いますが……本当にいいんですか？　私は魔道具職人として、ノエイン様のご注文通りの品を作っただけです。『爆炎矢』それ自体は、私が発明したと呼べるほど複雑な魔道具じゃありません」

少し困ったように笑いながら、ダフネは言った。

種火程度の小さな火が起こるよう刻んだ魔力回路と、魔法の起動を阻害する魔力回路を壺《つぼ》に刻む。魔石を装着したこの壺が割れると、魔法の起動を阻害する魔力回路が壊れ、既に魔力が通って起動していた『種火』の魔法が実現される。

どちらの魔力回路も初歩的で単純極まりないもの。それを並べて刻んだ魔道具など、職人ならば技術的には誰でも作れる。わざわざ褒賞を与えられるほどの働きではない。それがダフネの考えらしかった。

「確かに『爆炎矢』の仕組みは単純なものかもしれないけど、それで挙がった成果は極めて大きい。戦いの中でも、政治上でもね。発案したのは僕だけど、実際に作ったのはダフネだ。だから君にも褒賞があって然《しか》るべきだよ」

「……分かりました。それではありがたく褒賞を賜ります」

ノエインの説明を受けて、ダフネも最終的には頷く。

「よかった。それじゃあ、何が欲しいかな？　現金でもいいし、何か領主家に便宜を図ってほしいことがあれば、要望を聞くよ？」

自身が国王オスカーから賜った褒賞内容も参考に、ノエインがダフネに提案すると、彼女は少し考えて口を開く。

「そうですね……では、領主家の運営する学校の次の卒業生から、事務や経理の仕事を務める従業員を一人か二人、雇い入れたいと思います。ノエイン様から、学校の方にお口添えをいただけませんか？」

ダフネの言葉を聞いたノエインは、小さく片眉を上げた。

「もちろん構わないけど……ちょっと意外だったな。君は自分以外の人間を工房に雇い入れないと思っていたよ」

キヴィレフト伯爵領の領都ラーデンに工房を構えていた頃から、ダフネは工房運営の全てを自分でこなす一匹狼《いっぴきおおかみ》として有名だった。評判の良い工房だったので、弟子入りを希望する者や、事務員などを斡旋《あっせん》しようとする者も多かったが、それらを全て断っていたと。

「ええ、私も若い頃はずっと気楽な一人親方でいたいと思っていたんですけど……アールクヴィスト領に来て、ノエイン様や領民の皆さんから多くの仕事をいただいてるので、職人としての仕事に集中したいと思ったんです。歳《とし》をとって丸くなった部分もありますし」

そう言って小さく笑うダフネ。「歳をとって」という言葉とは裏腹に、その容姿は二十代と言われても通じる。ノエインが子供の頃には彼女は既にラーデンで名の知れた職人だったので、それはあり得ないが。

ダフネは何歳なの？　と言いかけて、ノエインはその質問を飲み込む。領主が聞けば彼女は答えてくれるだろうが、好奇心のみを理由に女性に年齢を尋ねるわけにはいかない。

「それに、悪い人間も多かったラーデンと違って、ここでは周囲の人たちを警戒しながら生きる必要もありません。皆が和気あいあいと暮らして働いているところを見ていたら……私も、誰かと一緒に働くのもいいかもと思えるようになりました。ノエイン様のおかげですね」

「……そっか。それは嬉しいよ」

微笑するダフネに、ノエインも笑みを返した。

・・・・・

「どうですかい、ノエイン様？」

「……うん。素晴らしいね。文句なしだよ」

晩秋。ノエインがラドフスキー商会のドミトリと言葉を交わしながら見上げていたのは、アールクヴィスト準男爵家の屋敷。その新築部分だった。

アールクヴィスト領の行政の中心であり、領主ノエインの居所でもある屋敷は、建てられた当初は必要十分な広さと機能を備えていた。人口僅か五十人ほどの士爵領の領主家屋敷としては、大きすぎるほどだった。

そんな屋敷も、領地の人口が千人に迫り、従士をはじめ仕事で出入りする人間も増えた今は、少々手狭になっていた。また、ノエインの準男爵という爵位に見合う権勢を示すためには、もう少し規模が大きい方がいいだろうという意見も出ていた。

そのためノエインは、自身の陞爵《しょうしゃく》が確定した春頃にはドミトリに依頼し、屋敷の増築を開始していた。

元々、将来の増築を想定して建てられていた屋敷。工事が難航することはなかった。ノエインが王都に出向いている期間を利用し、大人数を動員して一気に進められた工事は、腕の良い職人たちややる気の旺盛な日雇い労働者たちをドミトリが親方として巧みに指揮したこともあり、ノエインが領地に帰還した数週間後の今日には完了した。

横に長い二階建ての構造をしていた屋敷は、階数はそのままに、空から見下ろすとコの字形になるように増築されている。領主家の居住空間と、行政府としての空間、それぞれが倍ほどまで広くなっている。

「マチルダ、クラーラ、どうかな？」

「ノエイン様のお立場にふさわしい、立派なお屋敷になったと思います」

「ええ、今までにも増して素敵な屋敷です。何だかわくわくします」

ノエインが尋ねると、マチルダは他の者の目もあるので無表情で、クラーラは楽しそうな表情で、それぞれ答える。

「ご好評のようで何よりですよ」

「本当にありがとう、ドミトリ。とても良い仕事をしてくれたね……それに、皆も」

ノエインが振り返ると、そこに並んでいるのは今回の工事に関わった職人と労働者たち。敬愛する領主の屋敷の増築に携わった彼らは、誇らしげな表情を見せていた。

この場は彼らを労《ねぎら》う集まりも兼ねている。屋敷の庭先で、彼らに料理と酒が振る舞われ始める中、ノエインはマチルダとクラーラを連れて屋敷の中に入った。

新たに増築された場所を、三人で見回る。会議室や追加の臣下用執務室、日に日に増えていく書類などを収めるための、防火措置の施された保管室。それら行政府としての増築部分を見回った後は、領主家の私的な空間の方も見回る。

安全面を考えて二階の最奥に造られた、新たな寝室。ノエインの強い希望で造られた書斎と、クラーラの強い希望で造られた、彼女の歴史研究のための一室。それらの部屋を見て回り、満足げな笑みを交わす。

より一層大きくなった、ノエインの幸福の家での生活が、この日から始まった。

屋敷に関してノエインが行った改革は、その増築だけではなかった。

ある日の朝。顔を洗って髪を整え、着替えを済ませたノエインは、同じく身支度を済ませたクラーラとマチルダと共に朝食の席につく。

「ノエイン様、失礼いたします」

「ありがとうキンバリー」

いつも給仕を務めてくれるキンバリーが、きびきびとした所作でノエインの前に食事の皿を置いてくれる。

「クラーラ様、し、失礼いたします」

「はい、ありがとう」

「マチルダさん、どうぞ」

「ありがとうございます」

さらに、ノエインと一緒に席につくクラーラとマチルダの前に、まだ若い――キンバリーも十分に若いが、それよりもさらに若い――メイドたちが皿を置いていく。

朝食はロゼッタが早朝から出勤して作ってくれたもの。ペンスと結婚してからは通いで働くようになった彼女だが、いつもノエインたちが起きたときには厨房《ちゅうぼう》でパタパタと忙しく立ち回る音が聞こえることからも、どれほど早起きして朝食作りをしてくれているかが分かる。

パンと卵とスープに加えて、副菜として茹《ゆ》で野菜のサラダがついている。ロゼッタが料理担当の部下を持ち、人手に余裕ができたからか、朝食の内容は以前よりも少し凝ったものになっている。

「さあっ、今日も掃除を頑張るわよっ！」

「「はいっ、メアリー様っ！」」

ノエインたちが朝食をとり進めていると、外の廊下からそんな大声が響く。食堂にいてもこれだけ聞こえるのだから、もし間近にいたらさぞ迫力があることだろうとノエインは思う。

「……騒がしくて申し訳ございません。後ほど注意しておきます」

「あはは、気にしないで。元気があるのはいいことだよ」

メアリーへの呆《あき》れを表すように小さくため息をつき、主人に向けて謝罪したキンバリーに、ノエインは笑って答えた。

かつてはキンバリーとメアリー、ロゼッタの三人で家事や領主家の世話を担っていたこの屋敷。しかし増築によって大幅に広くなった今は、メイドの数が今までの三倍、九人にまで増やされている。ノエインが領主として増員を決断し、領民から新たに六人を雇い入れた。

新人メイドたちは一人がロゼッタの、二人がキンバリーの、残る三人がメアリーの部下となって修業中。全員が住み込みであり、増築によって広くなった使用人の居住区に二人一部屋ずつを与えられている。住人が増えたことで、屋敷は以前よりも賑《にぎ》やかさを増していた。

新体制となった屋敷で、朝食を終えたノエインはクラーラと分かれて執務室に向かい、この日の仕事を開始する。

午前中は主に、書類仕事。アールクヴィスト領の人口増加に伴って、税収や支出の管理などノエインが確認すべき事項も大幅に増えている。アンナから渡された書類の束に目を通し、承認済みを意味する署名を書く。そのような作業をひたすら続ける。

そして昼食を挟んで午後も、やはり書類仕事。

王都に行っている間に溜《た》まった書類は膨大。形式的な確認のみが必要な不急の書類が中心ではあるが、それとていつまでも放置はできない。

「……とりあえず、今日はこんなところかな」

「お疲れ様でした、ノエイン様」

今日中に片付けようと思っていた分の確認を終えたノエインは、その書類の束をマチルダに預けて立ち上がり、ぐっと伸びをする。

「あとは……今日は定例会議の日だったね」

「はい。ですがもう少し時間があります。ご休憩されては？」

領主執務室の壁に据えられた時計の魔道具を見て、マチルダがそう提案する。

「そうだね、ちょっと休もうかな」

「では、お茶をお淹《い》れしましょう」

そう言って部屋を出ていったマチルダは、間もなくお茶の注《つ》がれたカップを二つと、お茶菓子を盆に載せて戻ってくる。一からお茶を淹れる準備をしたにしては、やけに早かった。

「マチルダ、早かったね？」

「……そろそろノエイン様がご休憩に入られるだろうとキンバリーが見越して、あらかじめ茶葉とティーセット一式を準備してくれていました。ロゼッタにお茶菓子を用意するよう指示もしていたそうです」

「それは……さすがメイド長だね」

ノエインたちの身の回りの世話だけでなく、メイド長として屋敷とメイド全体の管理もしているキンバリー。そのずば抜けた優秀さが垣間見《かいまみ》える一幕だった。

「彼女がメアリーに指示をしておいたので、会議室の準備も既に整っているそうです。いつでも入れます」

「あはは、凄《すご》いなあキンバリーは。それにメアリーも仕事が早いね」

領主家の世話だけでなく仕事の補佐まで的確に行うキンバリーの有能ぶりと、やると決まれば迅速に仕事をこなすメアリーの力強さに、ノエインは感心する。

「……それと、今日の夕食はノエイン様のお好きな豚のステーキの木苺《きいちご》ソースがけだと、ロゼッタから伝えてほしいと頼まれました。楽しみにしていただきたいと」

美味《おい》しく作りますね～、といつものののんびりした口調で言うロゼッタが、ふとノエインの頭の中に思い浮かんだ。

「そっか。それじゃあ美味しく食べるためにも、会議を頑張らないとね」

今やメイド長として及第点以上の能力と経験を兼ね備えたキンバリー。彼女と共に、それぞれの特技を活かして活躍するメアリーとロゼッタ。その三人のもとで修業に励む新人メイドたち。

彼女たちの日々の働きのおかげで、屋敷は領主家の生活の場として、そしてこの地の行政府として機能を果たしている。

・・・・・

季節が冬に移る前には、ノエインが王国軍から引き抜いた傀儡《くぐつ》魔法使いたちがアールクヴィスト領に到着した。

王宮魔導士の職を辞し、ノエインに仕えることを決意した七人の傀儡魔法使い。それぞれが家族も連れてきているので、移住の一団は総勢で二十人を超えていた。

場合によっては冬明けまでずれ込むかもしれないと考えていたノエインは、早めの移住が叶《かな》った彼らを歓迎。その数日後には、傀儡魔法の指導を開始する。

「まず最初に、ひとつ確認しておきたい。君たちは今までゴーレムを操作するとき、どんな感覚で動かしていたかな?」

領軍の訓練場に集めた七人の傀儡魔法使いに、ノエインは問いかける。すると、七人の中で一応のリーダー格になっているらしい青年魔法使いが口を開く。

「……操り人形を動かす感覚に、近いのではないかと思います。傀儡魔法使いとしてはごく一般的なものだと思いますが……」

「うん、やっぱりそうだよね」

魔力回路の刻まれた、操り糸の代わりに魔力を用いて動かす木製人形。それがゴーレムに対する世間一般の認識。

実際に、手乗りサイズの小さなゴーレムを器用に操り、人形劇の芸人として生きる傀儡魔法使いも世の中にはいる。しかし、ゴーレム操作は対象が大きくなるほどに難しくなる。

小さな人形なら軽快に動かせたとしても、人間よりも大きなゴーレムを動かすとなればそう簡単にはいかない。難易度は跳ね上がり、どんなに意識を集中しても、操作するゴーレムの動きは鈍重になる。

この一般認識こそが傀儡魔法使いの成長を阻害していると、ノエインは考えていた。

「僕は、ゴーレムを動かすときの感覚は『もうひとつの身体を持つ』ことに近いと思っているんだ」

「もうひとつの身体を持つ、ですか……」

「なるほど……？」

ノエインの言葉を聞いても、傀儡魔法使いたちはいまいち理解できない様子だった。

「例えば、君たちは自分の手を動かすときに、右手を上げよう、今度は左手を突き出そう……と頭の中で考えることはしないと思う。同様に、歩くときにわざわざ、右足を出そう、次は左足を出そう……と意識することもないはずだ」

「……はい」

「確かに、ほとんど無意識に手足を動かしています」

傀儡魔法使いたちは合点がいったような顔になる。

「そう、僕たちは特に意識することもなく、自分自身の身体を操ることができる。何故そんなことができるのか。頭から指先まで、全身が神経で繋がっているからだ。だからこそ僕らは自分の身体を無意識に動かせる。これをゴーレムでも実現するんだ。自分の頭とゴーレムの身体を、魔力という神経で繋ぐんだよ」

子供の頃のノエインは、毎日毎日ゴーレム操作の鍛錬を重ねた果てに、ある日頭の中で何かが「繋がる」感覚を得た。

その直後から、これまで必死に意識を集中させることで動かしていたゴーレムの腕を、まるで自分の腕を動かすかの如《ごと》く、無意識に、自在に振り回せるようになった。

その後もたびたび同じ感覚を得た。やがてノエインは、ゴーレムの四肢を自分の手足のように操り、ゴーレムの重心を感覚的に把握し、ゴーレムをもうひとつの身体として扱うことができるようになった。

「普通は、ある程度ゴーレムを動かせるようになったら、すぐに傀儡魔法使いとして働き始める。君たちもそうだっただろう。普段は倉庫で待機して、上司に呼ばれたらゴーレムを起動し、荷物を運ぶ。そしてまた待機する。一日のうち、実際にゴーレムを動かしているのは二時間にも満たないだろう。それでも肉体労働者十人分以上の働きができるから、傀儡魔法使いはある程度の利用価値があると見なされている……だけど、こんな働き方ではいつまでも上達できない」

七人を見回しながら、ノエインは語る。

「仕事の都合と魔力量の関係で、多くの傀儡魔法使いは日常的に鍛錬を積むことをしない。だから、稀《まれ》にゴーレムで戦えるほどの手練《てだ》れが現れても、それは個人の才覚で片付けられる。おまけに、そこまで上達する頃には大抵の者が高齢になっているから、他の傀儡魔法使いに技術を継承する機会もほとんどない。そんな現状を打破するために、僕は君たちをアールクヴィスト領に招いた」

そこで言葉を切り、不敵な笑みを浮かべる。

「僕は子供の頃、ひたすらゴーレム操作の習熟に励んだ。気が遠くなるほどの反復練習を重ねて、最後にはゴーレムをもうひとつの身体として扱えるようになったんだ……ここまでは、僕と同じように鍛錬を積めば誰しもが到達できると思っている。ゴーレム一体を、自分の身体のように扱えるようになると思っている。だから君たちを選んだ」

仮にも王宮魔導士に選ばれるほどの才の持ち主。一般的な傀儡魔法使いと比べても、総じて魔力量は多い。そしてまだ若く、柔軟な脳を持っている。

だからこそ長時間の鍛錬を毎日積み重ね、それを自身の実力へと反映することができる。この七人ならばきっと。ノエインはそう語る。

「君たちがこれから鍛錬を重ね、僕の考えが正しいと証明してくれれば、傀儡魔法使いの歴史が変わる。君たちの人生も一変する。魔法の才の中でも外れを引いたと馬鹿にされることはない。君たちは偉大な魔法使いとして、民の敬意を集める。今までは得られなかった幸福を、この地で得ることができるんだ」

慣れない地に来て少しばかり不安そうだった七人の表情が、ノエインのこの言葉で変わった。王国軍の本部で彼らを勧誘したときのような、いやそのとき以上の情熱と野心が、彼らの目に宿ったのがノエインにも分かった。

「鍛錬はきっと、厳しいものになると思う。魔力消費の面でも、精神的にも。その上で、努力を重ねる覚悟はあるかな?」

「……も、もちろんです！」

「そのために私たちはここへ来ました！」

「やってみせます！」

傀儡魔法使いたちは口々に言いながら敬礼を示す。それを受けて、ノエインは満足げな表情を浮かべる。

「よく言ってくれた。君たちの奮闘に期待しているよ……それじゃあ早速、鍛錬を始めよう。まず君たちにやってもらうことは二つ。ひとつ目は腕の操作の鍛錬だ。ゴーレムの腕を左右交互に突き出す動作を延々とくり返してもらう。もうひとつは足の操作、歩行の鍛錬だ。人間並みの速さと滑らかさでゴーレムを歩かせることができるまで、ただ歩くことだけを、こちらもやはり延々とくり返してもらう。まずは今日から――」

こうして、傀儡魔法使いたちの厳しい鍛錬の日々が始まった。

幕間二　それぞれの思惑

王暦二一四年も終わりに近づいたある日。ロードベルク王国の国王オスカー・ロードベルク三世は、王城の一室で軍務大臣ラグナル・ブルクハルト伯爵と顔を合わせていた。

王都での式典と宴《うたげ》の後、ブルクハルト伯爵は南西部国境の現状を確認するため、視察に出た。本格的な冬を前に王都へと帰還を果たした彼は、今こうして国王への報告を行っていた。

「……そうか。ようやくランセル王国の嫌がらせも止《や》んだか」

「はい。さすがに敵も、この期に及んで冬まで戦い続けるほどの馬鹿ではないようです」

初春の大戦でロードベルク王国が勝利を収め、国境地帯の主導権を握ってもなお、ランセル王国は小部隊による散発的な攻撃を止めてはいなかった。こちらの哨戒《しょうかい》拠点や補給拠点、ときには前線近くの農村などにも出現し、嫌がらせを行っては逃げ去るという行為をくり返していた。

それがようやく止んだと聞き、オスカーは僅かな安堵《あんど》を覚える。

「まったく、ランセル王国のクソガキも何を考えているのだか、分かったものではないな。今さら小競り合いを継続するほどの余力がかの国にあるとは到底思えないが」

「現地の将官や士官たちの話では、敵の攻撃は……どこか、いい加減に見えたと。攻撃を止めていない、という言い訳をしているようだったそうです。おそらくですが、あれはカドネ・ランセル一世による、自国の軍閥貴族に向けた行動なのでしょう」

「……自分は強き王として、未《いま》だロードベルク王国と戦い続けている。そう示すことで、軍閥貴族たちの支持を繋《つな》ぎとめるということか。なるほどな」

カドネは兄を謀殺し、王位を簒奪《さんだつ》した。にもかかわらず彼が権勢を維持しているのは、ランセル王国の軍閥貴族たちの支持を集め、その軍事力を後ろ盾としているから。

軍閥貴族たちがカドネに求めているのは、ランセル王国の勢力拡大。ロードベルク王国との戦いもそのためのもの。なのでカドネは、弱腰になることを許されない。戦う姿勢を見せ続けなければならない。自分が戦いを止める気がないことを最小限の労力で示す手段が、国境地帯での嫌がらせの継続ということであれば、オスカーも納得できる話だった。

「それに付き合わされる我々としては、たまったものではないが」

「まさしく仰《おっしゃ》る通りです。長大な国境地帯を守るにはやはり王国軍だけでは兵力が足りず、南西部貴族たちにも引き続き兵力を出してもらうこととなるのは必然。貿易と戦争で疲弊した南西部の混乱は、今しばらく続くでしょう……例の、クロスボウやバリスタの製造と配備が進めば幾分かましになるでしょうが」

素人をそれなりの戦力に仕上げるクロスボウと、拠点防衛などで特に力を発揮するバリスタ。それらが王国軍の装備として国境を守るようになれば、少ない兵力で強固な防御を成すことができるため、比例して南西部貴族の負担も減る。ブルクハルト伯爵はそう見解を語った。

「軍部の工房もそれらの製造のために余力を持たせてあるので、おそらく来年の後半にも、王国軍へと配備を開始できます。そうなれば状況改善の兆しも見えるかと」

「それに加えて、ジャガイモに関しても期待が持てるな。王領でジャガイモ栽培を推し進めれば、余った麦は南西部に送ることができる。食料事情が改善されれば、南西部の社会も徐々に息を吹き返すだろう……思っていた以上に、あのアールクヴィスト準男爵の成果は大きいな」

開拓を始めて数年の下級貴族が、王国にこれほどの影響をもたらした。あの若者がこれからどこまで躍進していくか想像もつかない。オスカーはそのように考えていた。

「場合によっては、アールクヴィスト家と姻戚関係を結ぶことも考えた方がよいかもしれないな。準男爵はこれ以上嫁を迎えるつもりはないであろうから、いずれ生まれるであろう嫡子あたりに皇族を輿入《こしい》れさせるとなれば……今年に生まれた私の末娘が丁度よいか」

「陛下。さすがにそれは、少々気が早いのでは？」

苦笑交じりに言ったブルクハルト伯爵に、オスカーは笑みを返しながらも首を横に振る。

「いや、アールクヴィスト卿《きょう》はこれからもっと大物になっていくだろう。そんな予感がするのだ。そうなってからアールクヴィスト家と血縁を結ぶ道を探っても手遅れになるかもしれない。手段だけは、今のうちから確保しておいても無駄ではなかろう」

「……なるほど。陛下がそのように予感されているのであれば、そうなるのかもしれません」

宮廷内において、オスカーの予感は特別な意味を持つ。

まだ王太子だった頃、社交の場でカドネと顔を合わせたオスカーは、彼のことを「あいつは危険な気がする。将来の敵になるかもしれない」と評した。その言葉は的中した。

他にも、オスカーが先のことを直感的に予想した例がいくつかある。なので宮廷内では、国王オスカーの予感は当たる、という話がよく語られている。

「引き続き、アールクヴィスト卿の動向は注視せねばな」

北西部の端にあるアールクヴィスト準男爵領は、王家の目も届きづらい。あの方面への諜報員《ちょうほういん》を増やすべきか。オスカーはそのようなことを考えていた。

・・・・・

「まったく、今思い出しても腹立たしい……」

ランセル王国の王都サンフレール。その市域を見守るようにそびえる王城では、国王カドネ・ランセル一世が不敵に笑いながら酒の杯を傾けていた。

思い出すのは、先の敗戦とその後のこと。カドネの前では、ランセル王国軍の将軍である貴族が、この冬までの国境での攻勢について報告を終えたところだった。

「小規模な遊撃戦を重ねるかたちでの紛争に関しては、数年にわたって攻勢を続けてきたこちらが有利です。敵側も疲弊の度合いは高まっています。先の惜敗に対して、一定の意趣返しは成したと言えましょう」

「ふんっ、聞こえの良いように語ればそうなるだろうな」

飲み干した酒の杯を床に投げ捨てたカドネは、不愉快そうに鼻を鳴らす。

「……それで、例の計画はどうだ？」

「そちらについても滞りなく。ロードベルク王国に気づかれた様子もなく、順調に進んでおります。あと一年ほどで侵攻準備が完了するかと。急ぎ進めているため、民の損害が予想より大きくなっておりますが」

「大きいと言っても、何百かの話だろう。この国全体のことを考えれば、そんな損害は誤差も同然だ……何なら、もっと損害が出ても構わん。確実に、そして迅速に進めろ」

「御意」

将軍は立ち上がって敬礼し、退室していく。

その背を見送りながら、カドネは不敵な笑みを一層深くした。

「見ていろ、オスカー・ロードベルク三世。このままでは終わらせない……南の次は、北からの侵攻でお前の国を襲ってやる。今度こそお前の領土を蹂躙《じゅうりん》し、その全てを刈り取ってやる」

・・・・・

「閣下。もはや派閥の貴族たちの我慢も限界に来ております。やはりこの上は……」

「……ふむ」

ロードベルク王国南西部。この地における貴族閥の盟主、ガルドウィン侯爵のもとに、派閥の重鎮たちが集っていた。

話し合っていたのは、現在の王国南西部に漂う閉塞感や、貴族たちの溜《た》め込んだ不満を解消する方法について。

今から十年も遡れば、王国南西部、特にランセル王国との国境地帯は、国内でも有数の繁栄を誇っていた。多くの貴族が貿易によって富を築き、社会は潤っていた。

しかし、隣国との国境近くに領地を持つということは、利益を得る機会と同時に危険も抱えるということ。ランセル王国が敵対的な国となった今は、その危険の方が顕在化し、南西部閥は一転して苦労を強いられている。

終わらない紛争、そして先の大戦による損害。貿易が途切れたことによる経済の停滞。多くの人間を国境防衛の兵力として動員することによる、食料をはじめとした生産能力の低下。

それらはまだ南西部の社会を完全崩壊させるほど深刻なものとはなっておらず、戦争がひと段落した今後は徐々に回復していく見込みではあるが、だからといって楽観視はできない。

今が停滞の底。言わば最も厳しい時期であり、だからこそ南西部貴族たちはこれ以上ないほどに不満を抱えている。

自分たちばかりがランセル王国との戦いの矢面に立たされ、割を食わされている。食料が足りない。それを増やすための人手が足りない。金がない。それを急ぎ稼ぐあてもない。

多くの南西部貴族が、そのように考えている。国境近くに領地を持つからこその義務を、しかし義務として割り切れない彼らに、ガス抜きをさせる必要がある。

「事ここに至っては、止むを得ぬか。だがこれは、あくまで派閥の貴族たちの不満を一時的に解消させるための決断だ。決してやりすぎるな。あまりに根深い禍根は残すな。人死にを出すな。私からもベヒトルスハイム侯爵に密《ひそ》かに伝えておくが、お前たちも各地の貴族たちの手綱をしっかりと握り、現場での暴走を防げ……相手は対立派閥とはいえ、同じ国の同胞なのだからな」

「もちろんです」

「心得ております」

重い口調で言ったガルドウィン侯爵に、派閥の重鎮たちは揃《そろ》って頷《うなず》く。

「よろしい。それでは……冬明けより北西部閥との縄張りの境界線を越え、小競り合いや略奪を行うことを認める」

そう言葉に出してから、ガルドウィン侯爵は深いため息を吐《つ》いた。

四章　愛すべき領地

HINEKURE RYOSHU NO KOFUKU-TAN

　季節は冬に移り、ノエインたちは例年通り、屋内で多くの時間を過ごす日々を送っていた。

　ある日の午後。屋敷の居間で、ノエインは筆記具を構えたクラーラを前にしていた。

「――王暦二一二年の十月四日、アールクヴィスト士爵領は二百人に及ぶ大盗賊団の襲撃を受けるも、領主ノエイン・アールクヴィストと領民たちの奮戦、そして新兵器クロスボウの力によってこれを見事討伐した。アールクヴィスト領側の被害は重傷者が数名のみであった……このような書き方でよろしいですか？」

「そうだね、簡潔に言うとそんな感じだ」

「戦闘の流れは書き残してありますか？　以前あなたに聞かせていただいた主観のお話とは別で、詳細な戦闘経過の記録などは……」

「確か、あったはずだよ。ユーリとペンスが今後の参考のために記録してたから、今は保管室に資料として置いてあるはず」

「分かりました。それでは、後で読ませていただきますね」

　ペンを走らせ続けるクラーラに、ノエインはそう答える。クラーラはいつもの穏やかな表情とは違い、極めて真剣な、それでいて子供のように無邪気な顔を見せる。

「クラーラ、楽しい？」

「ええ、とても楽しいです。私が今まさに、自分の手でひとつの貴族領の歴史を記しているんですもの。歴史を愛する者として、これ以上に心躍ることはありませんわ」

尋ねられたクラーラは、喜色満面で答える。愛する妻の可愛《かわい》らしい様に、ノエインは思わず彼女の頭を優しく撫《な》でた。

「そっか、クラーラが楽しいなら僕たちも嬉《うれ》しいよ。ねえ、マチルダ？」

「はい、ノエイン様」

クラーラは学校を運営する傍ら、歴史家としての道も少しずつ歩み始めていた。

屋敷内に自身の歴史研究専用の部屋を得た彼女は、まず自身の実家から持ってきていた今までの歴史学習に関するメモの束を整理。さらに、ノエインが子供の頃に書物から得た知識の膨大なメモから、歴史関係のものをかき集め、少しずつ読み進めている。

それと並行して彼女が始めたのが、このアールクヴィスト領の歴史の記録。アールクヴィスト領の開拓が始まったばかりの頃から現在までの出来事や、開拓の経過を、できるだけ詳細かつ体系的に記録しようとしている。その活動にノエインも領主として協力し、冬の長い余暇を利用して今までのことを語っている。

「僕も歴史はそれなりに好きなつもりだったけど、やっぱりクラーラの熱意には敵《かな》わないな。それに知識の量でも」

「ふふふ、あなたにそう言ってもらえるのは光栄です。でも、私も歴史家としてはまだまだ勉強中の身ですわ」

歴史に関するノエインの知識は、生家で手当たり次第に読んだ書物からのもの。憎き父が見栄《みえ》のためだけに集めていた書物は地域も年代もろくに整理されておらず、ノエインも体系的な学習ができたとは言い難い。知識には穴が多く、散らかっている。

その点、父アルノルドから優秀な家庭教師をつけられて学んだクラーラは、王国北西部を中心とした歴史の知識を体系的に身につけている。その知識をもとにした研究活動から得られる知見は、この地の領主貴族であるノエインにとっても興味深く参考になるものだった。

例えば、隣領であるケーニッツ子爵領の成り立ち。

かつてケーニッツ子爵領は、森が散在し、ゴブリンやグラトニーラビット、コボルトなどの低級の魔物がひしめく無人の地だったという。

そこを、当時まだ独立国だったベヒトルスハイム王国の騎士が開拓した。開拓民を集めて魔物を狩り、村を築き、国王から自治を認められたその騎士は初代ケーニッツ侯を名乗り、その子孫も地方の有力貴族として領地の発展に努めた。

今から百七十年ほど前にベヒトルスハイム王国がロードベルク王国に取り込まれると、当時のケーニッツ侯はロードベルク王国の貴族制度に組み込まれて子爵位を与えられ、領地を安堵《あんど》されたという。

それ以来、ケーニッツ子爵領は王国文明と自然との境界を担う最果ての貴族領として、また万が一ベゼル大森林から魔物が溢《あふ》れ出したり、西の地の異民族（当時まだランセル王国はなく、西には蛮族が住むとされていた）が森を越えてきたりしたときの守りの地として、それなりに栄えてきたらしい。

今後は新たに王国の北西端となったアールクヴィスト領がその役割を担うことになり、一方でケーニッツ子爵領はアールクヴィスト領とその他の地域の交易の中継地点を担うため、それらを共通認識とした上で両家が共栄の道を見つけるのが最善……という意見をクラーラが整然と語ったときには、ノエインも舌を巻いた。

「――それでは、きりがいいので今日の記録はここまでにしますね。次はこちら、開拓貴族ノエイン・アールクヴィストの人生譚《たん》を書き進めましょう」

「……そっか、今日もそれをやるんだね」

クラーラが満面の笑みで別の紙の束を取り出して言うと、ノエインは苦笑いを返した。

「もちろんですわ。歴史学においては出来事と同時に、重要人物たちの言動、すなわち生き様も重要な研究対象となります。ノエイン様はアールクヴィスト領の開拓の祖であり、若くして多くの功績を上げ、王国貴族社会で急速に台頭している重要人物です。あなたがどのようなことを話し、どのような振る舞いをしていたのかは、後世の人々にとって貴重な情報となります。であれば、それをできるだけ多く正確に書き記すことは、あなたと同じ時代を生きる私の使命です」

自身の好きな物事について語る多くの者がそうであるように、クラーラは驚くほどの早口で、そのように語った。

クラーラの言うことも尤《もっと》もであるが、ノエインはこの時間が少し苦手だった。

人生譚というこの記録の性質上、ノエインは赤裸々に自身の胸の内を語らなければならない。当時の空気の中だからこそ真摯に発した言葉、さらにはその場の勢いで格好をつけただけの言動までをも、なるべく正確に思い出して説明しなければならない。それはノエインにとって、気恥ずかしさを覚えるものだった。

「それに、あなたのお人柄が記録に残れば、後世の領民たちもあなたを愛することができます。そうすればあなたは永遠の幸福を得られるはずです」

「……うん、君の言う通りだね」

領民に愛されるのがノエインの幸福。現在の領民たちはもちろん、その子々孫々にも語り継がれて初代領主として愛され続けるのであれば、これ以上の喜びはない。

そのために必要な記録だと言われたら、微苦笑を浮かべながら素直に頷《うなず》くしかなかった。

「では、今日語っていただくのは……ちょうど私との結婚直前のお話ですね。確か、結婚前夜にあなたがマチルダさんに永遠の愛を誓ったのですよね？」

人生譚となれば、私生活の記録も含まれる。偉人の私生活は後世の人々にとって大きな関心ごとであり、恋愛事情はその最たるもの。というのが、クラーラの持論だった。

「さあ、どのように愛を誓ったのか、教えてくださいな」

「……確かその夜は、眠る前にマチルダに声をかけたんだ。こっそり作っておいたマチルダとのお揃《そろ》いの指輪を、そのとき初めてマチルダに見せた」

自身の左手薬指につけられた二つの指輪を見ながらノエインが語る内容を、クラーラは書き記していく。

「それで、そのときあなたはどのような姿勢と仕草で、どのような言葉で愛を語ったのですか？」

「えっと、確か……」

ノエインはマチルダを立たせ、その前に膝をついて指輪を見せるような動作をする。

その様を見たクラーラが、頰に手を当てて顔を赤らめる。それに、ノエインはまた微苦笑を浮かべる。一世一代の告白の様を他者の前であらためて再現するというのは、ひどく照れる。

そもそも、いくら唯一無二の親友で同志とはいえ、他の女性に自分の夫が永遠の愛を誓う場面を見て楽しいものなのだろうか。ノエインはそう思うが、クラーラが妬《や》いている様子はない。

前に向き直ると、今度は頰を赤らめたマチルダと目が合う。彼女もあの夜を思い出し、あらためてときめいているのか。

「こんな感じで向き合ったんだ。それで、告白の言葉は確か……」

「マチルダ。君は世界で一番最初に僕を愛してくれた。そして、誰よりも長く、誰よりも近くで僕を支えてくれた。君と出会っていなかったら、今の僕はいない。僕は君に救われたんだ。だから、僕が永遠の愛の証《あかし》として指輪を贈るなら、その最初の一人はマチルダ、君であるべきだと思ったんだ……これからも君への愛は変わらない。君は永遠に、僕にとって唯一無二の存在だ。それを示す証として、この指輪を贈らせてほしい――と、ノエイン様は仰《おつしや》いました。それを聞いて私は喜びのあまり滂沱《ぼうだ》の涙を流しました」

長い長い台詞《せりふ》を噛《か》むこともなく、おそらく一言一句違《たが》わず再現してみせたマチルダを前に、ノエインは目を見開く。

「……マチルダ、よく憶《おぼ》えてるねぇ」

「あの言葉もまた、ノエイン様からの大切な贈りものです。聞いた瞬間に全て記憶に刻まれていますから、生涯忘れることはないでしょう」

そう答えるマチルダは、どことなく誇らしげだった。

「素晴らしいですわ……失われることなく書き残された、血の通った愛の言葉……後世の人々が開拓貴族ノエイン・アールクヴィストを知る上で、これ以上の史料はありません」

「これ、後世の人たちに読まれるのかぁ……やっぱり恥ずかしいなぁ」

「ですが、この記録があれば、開拓貴族ノエイン・アールクヴィストとその従者マチルダの身分や種族を超えた愛が、二人の境遇が、身分差や種族差に寛容なアールクヴィスト領の気風の根源になったのだと後世の学者が考察できます。それに……あなたがどれほどマチルダさんを愛していたのかを、歴史に刻んで世界に示すこともできますよ」

「あはは、そう考えると喜ばしいね」

こうして記録が残れば、マチルダもこの地の重要人物として歴史に名を刻む。それは自分にとっても彼女にとっても良いことだと、ノエインは思う。とはいえ、照れるものは照れるが。

「それに、こうした記録は当人にとっても良いものだと思います。数年後、数十年後、人生の晩年にも、自分の生き様や心情を振り返ることができますから。なので、私も個人的に日記をつけています」

「……確かに、その通りだね」

自分も日記を残すというのも、悪くないかもしれない。後世の人間に見せたいかはまだ分からないが。言葉には出さず、ノエインはそう考えた。

「ではあなた。その後のやり取りもぜひ、教えてくださいな」

ノエインの告白の言葉を記録し終えたクラーラは、また顔を上げてきらきらとした目でノエインを見る。

ノエインは観念したように苦笑を零《こぼ》し、その後もクラーラの問いかけに答えていく。

・・・・・

王暦二一五年の一月末。まだ冬の空気が色濃く残っているこの時期に、積極的に外を出歩く者は少ない。都市や村を行き来する者はもちろん、人里の中でも、多くの者は用がなければわざわざ外には出ない。

そんな時期でも、毎日のように屋外に出る者もいる。その大半は、季節を問わず自身の仕事をこなさなければならない職種の者たち。軍人もそんな職種のひとつである。

「では、本日の訓練は以上で終了とする！　皆ご苦労だった！　帰ってよく休め！」

「「「はっ！」」」

領軍の詰所に併設された訓練場で、従士ダントは新兵たちを整列させて声を張った。

新兵たちはそれに応えて敬礼を示した後、その場にへたり込む。訓練を終えた彼らは、冬だというのに皆汗だくだった。

人口増加に伴う領軍の規模拡大に合わせ、年明けと同時に入隊したこの新兵たちは、まだまだ行軍や整列、素振りなどの基礎訓練ばかりを毎日くり返している。その教官役を、忙しいユーリやペンス、ラドレーに代わって、ダントがこうして務めることも多い。

「どうだ、ダント。新兵たちの様子は？」

汗を拭きながら帰宅していく新兵たちの背をダントが見送っていると、詰所の方から声をかけられる。ダントが振り返ると、領軍隊長ユーリが歩み寄ってきていた。

「入隊したばかりにしては、上出来かと。体力や練度はまだ素人に毛が生えた程度ですが、根性は皆申し分ありません。音を上げずに一日の訓練内容をやり遂げられる点は、褒めてやるべきことだと考えます」

「そうか。俺が直々に鍛えたお前の目から見てそう映るということは、間違いないんだろう……お前も随分と士官らしくなったな。教官役も様になっているし、部下たちの様子をよく見ることができるようになった」

「……恐縮です」

誇らしさを感じながらも、ダントは平静を保って答える。

少し前までは鍛えられる側だった自分が、今は新兵を鍛える側に回っている。そのことに感慨を覚え、少しばかり浮かれていたのも最初だけだった。

これが自分である。職業軍人であり、正式に武門の従士となった自分である。自然とそう思えるようになった。自覚が芽生えてきた、と言ってもいいだろう。

今ユーリから言われたように、周囲から変化を認められることも増えた。

「領軍の規模が拡大すれば、優秀な士官も必要不可欠だ。お前は部下たちをまとめて部隊の面倒を見るという点では、武門の従士の中でも随一だと思っている……場合によってはペンスやラドレーよりも上だとな。期待しているぞ、このままよく励め」

それは軍人となったダントにとって、最上の称賛だった。ダントは表情を引き締め、ユーリに敬礼を示す。

「はっ！　ご期待に応えてみせます！」

「それでいい。では、お前も今日は休め。また明日《あした》から、新兵どもをしっかり鍛えてやれ」

答礼したユーリはそう言って、詰所に戻っていった。

・・・・・

「そっち逃げたぞ！　回り込め！」

「りょ、了解！」

領都ノエイナの西側、延々と木々が連なるベゼル大森林の中。ラドレーの命令に従って、若い領軍兵士が駆ける。

兵士に指示を出しながら、ラドレー自身も駆け出す。周囲には他にも、ラドレーが森の見回りに同行させている数人の兵士の姿が見える。

今ラドレーたちが追っているのは、見回りの最中に発見したコボルトの群れだった。魔物が人里まで縄張りを近づけないうちに狩ってしまうのは、この見回りにおける最重要の仕事だ。

コボルトの群れは最初五匹で、ラドレーたちと遭遇すると襲いかかってきたが、二匹殺した時点で勝てないと察したのか逃げ出した。そのうち二匹が並んで逃げているのを、ラドレーは今まさに追っていた。

ラドレーが駆けた先では、回り込んでいた兵士が一匹の死体を前に肩で息をしている。

「もう一匹は！」

「あっちに逃げました！」

兵士が指さした方向に、ラドレーはすぐに駆ける。他の兵士たちが疲れて足が遅くなっている中で、ラドレーだけは息を切らすこともなく全速力で動き続ける。

「待ちやがれっ！」

吠《ほ》えながら、ラドレーはコボルトに迫る。他の個体より頭ひとつほど大きいこの一匹が、どうやら群れを率いていたようだった。

本来であれば人間より足の速いコボルトに、ラドレーは難なく追いつく。

「ウォオオオンッ！」

逃げきれないと判断したらしいコボルトが足を止めて振り返り、雄叫《おたけ》びを上げながら、手にしていた石をラドレーに投げつける。高速で迫る石のつぶてを、しかしラドレーは軽く身体《からだ》をひねって躱《かわ》し、ひねった身体を戻す勢いを利用して手にしていた槍《やり》を投擲《とうてき》した。

凄《すさ》まじい速さで飛んだ槍は、コボルトを貫く。胸に突き刺さった穂先が背中から飛び出し、コボルトはあっけなく絶命して倒れた。

「あと一匹！」

位置は気配で分かっている。ラドレーが振り返ると、残る一匹のコボルトは、膝に手をついて足を止めている兵士に飛びかかろうとしていた。

「馬鹿野郎！　剣を構えろ！」

「う、うわあああっ！」

兵士は咄嗟《とっさ》に剣を振ったが、力の入っていない雑な攻撃は簡単に弾《はじ》かれる。コボルトの爪に弾き返された剣を兵士は取り落とし、そのまま尻もちをついた。

ラドレーは予備の武器である短剣を抜き、コボルト目がけて駆ける。

間に合うか。いっそ短剣を投げつけるか。そう思ったそのとき。

「ガウッ！」

空気を切る鋭い音と共に飛来した矢が、コボルトに突き立った。コボルトは短く鳴き、倒れて動かなくなる。

「……よくやった、リック」

「いいえ。このくらいお安い御用ですよ」

クロスボウを手に茂みの陰から出てきたリックは、軽い調子でラドレーに答える。

尻もちをついたまま呆然《ぼうぜん》としている若い兵士に歩み寄り、ラドレーはその頭に拳骨《げんこつ》を落とした。

「ぐえっ！」

「馬鹿が。敵が残ってるのに油断する奴《やつ》があるか。相手がコボルトだからそうそう即死はしないとしても、下手したら腕の一本くらい持っていかれるぞ」

「す、すいません……」

涙目になっている兵士の手を摑《つか》んで立たせてやると、ラドレーはリックの方を向いた。

「どうだ、そいつの調子は」

「いいですね、今までのクロスボウより安定してて使いやすいです。連射性能は低くても、俺にはこっちの方が合ってます」

言いながらリックが掲げるのは、この冬の間にダミアンが彼専用に仕上げたクロスボウ。通常のものよりも長く、そして少し重く、さらに弦もやや硬く作られている。

装塡には専用の器具が要るが、これらの改良によって威力と命中率が格段に上昇しているため、リックの狙撃の腕と合わさると一撃必殺の攻撃が可能となる。

「ならいい。そのうち領軍がもっとでかくなったら、お前みたいな兵士を集めてそのクロスボウを持たせると強そうだな」

「ははは、狙撃専門の部隊ですか。面白いですね」

そんな話をしながら、ラドレーたちはコボルトの死体から魔石と素材を回収し、アールクヴィスト領の平和を守るための見回りに戻る。

・・・・・

春になった頃には、ケノーゼも従士としての仕事に随分と慣れた。従士という身分についても、多少は板についてきたと自分でも思えるようになった。

かつて王国南西部で「卑しい獣人」として迫害されながら暮らし、戦渦に巻き込まれて徴募兵となり、戦後の希望も見えず自分の人生もここまでかと思っていた身。それなのに、今では天国のような移住先を得て、さらには領主貴族に仕える従士にまでなってしまった。

立場の変化、人生の変化に戸惑いながらも、農業担当エドガーの補佐として、獣人たちの代表として、ケノーゼは手探りで懸命に働いた。そうして今がある。

「エドガー様、麦の収穫予想の報告をまとめ終わりました。確認していただけますか？」

「ああ、ご苦労だった。見せてくれ」

農業担当の仕事は多岐にわたる。農民たちの仕事の監督や、新しい商品作物の栽培に関する指導。種族も様々な農民たちの円滑な人間関係の構築や、揉《も》め事《ごと》が起きた場合の仲裁まで。

農地付近にゴブリンなどの魔物が出た際は避難誘導も務め、ときにはそうした魔物から農民たちを守るために自ら剣をとる場合もある。

税の徴収に備えて収穫量の予想をまとめたり、次の季節に向けて栽培計画を立てたりするのも農業担当の重要な仕事。今は領主家の屋敷の従士執務室にて、エドガーからその仕事について指導を受けているところだった。

「……概《おおむ》ね問題ない。口頭で一度教えただけなのに、君は本当に優秀だな、ケノーゼ」

「恐縮です」

ケノーゼが作成したのは、徴税に用いる正式書類ではなく、領全体のひとまずの収穫予想を財務担当アンナと領主ノエインに報告するための簡易的なもの。麦の育ち具合などを大雑把に見た報告書だった。

こうした簡単な仕事から任せ、やり方も丁寧に教えて、さらに褒めてやる気を保たせてくれるエドガーはいい上司だと、ケノーゼは思っている。

エドガーはもちろん、農民たちもまだ若いケノーゼに親切にしてくれる。仕事の環境について、一切の文句はなかった。むしろ恵まれすぎているほどだと考えていた。

「あとはこれをアンナに渡すだけだな……ところで、明日からの農地見回りだが、君にはしばらく南東側を担当してもらおうかと思っている。もう、一人でも問題ないか？」

「っ！　私が南東側を、一人で、ですか……」

領都ノエイナは今で言うところの南東側から開拓が始まり、そこから北東、そして西側へと開発が進められている。南東側に農地を持つのは早くからここに住む古参領民ばかり。そのほとんどが普人だ。

その中で、獣人の若造である自分が、従士として一人で見回りをする。農民たちは皆いい人ばかりで、ここでは獣人が強く差別されることはないと分かっていても、不意に提案されると思わず怯《ひる》んでしまった。

しかし、それでも。

「……はい、お任せください」

ケノーゼは不安を飲み込んでそう答えた。

これまでエドガーは、獣人のケノーゼが少しでも早くアールクヴィスト領の農民たちと打ち解けるようにと尽力してくれた。なるべく会話の機会が増えるよう気遣い、古参領民たちとの宴席を設けたりもしてくれた。

また、彼はケノーゼのみならず他の獣人たちにも積極的に声をかけ、普人の領民たちと顔を繋《つな》いでくれている。それもあって、南部出身の移民も多いこのアールクヴィスト領で、普人たちと獣人たちはケノーゼの想像以上に早く融和している。

それなのにここで自分が怖気《おじけ》づいて仕事から逃げるわけにはいかない。そう考えたからこそ、ケノーゼは決断して頷いた。

「いい返事だ。それじゃあ頼んだぞ。何か困ったことがあったら、いつでも相談してくれ。今日は以上だ」

「分かりました。ありがとうございます……それでは、お先に失礼します」

エドガーに一礼して従士執務室を出たケノーゼは、屋敷の窓から外を、空を見る。

こうして懸命に働き、幸福に生きていく自分を、父も神の御許《みもと》から見守ってくれているだろうかと、ふと思った。

「アンナ。手が空いているときでいいから、この書類も確認を頼む」

ケノーゼが提出した書類に、より見やすくなるよう軽く手直しを加えた上で、エドガーは財務担当のアンナにそれを提出する。

「分かったわ、ありがとう……これ、ケノーゼさんが書いたの？」

「ほとんどはな。私は軽く整えただけだ」

筆跡が違うので気づいたらしいアンナに、エドガーは少し自慢げに答える。

「そう。まだ新人なのに凄《すご》いわ。本当に優秀な部下を持ててよかったわね……もちろん、教える側も優秀だからこそなんでしょうけど」

そんなエドガーの様子を見て、アンナは笑みを浮かべながら言った。仕事中に夫を褒めて甘やかすのは公私混同だが、今は見ている人もいないので許されるだろう、と思いながら。

「それじゃあ、私も確認してノエイン様にお届けしておくわね」

「ああ、任せた……この報告書にも書いてあるが、今年も麦の見込み収穫量は予想以上だ。これなら今年は食料の輸入も必要ないだろう」

「よかった。これでお互いひと段落かしら？」

「ああ、そうなるな」

安堵の息を吐《つ》くアンナに、エドガーは微苦笑して答える。

昨年のアールクヴィスト領は二百人もの急な人口増を経験したために、領内で生産される分だけでは食料が不足することとなった。そのため、アンナは食料調達計画の立案と各方面との実務の調整で、エドガーは農業計画の修正とその実行で、それぞれ奔走した。

領民の増加はアールクヴィスト家に仕える従士として喜ばしいことであるし、領主ノエインが行き場のない獣人たちを迎え入れたことは好意的に受け止めて賛同しているが、それはそれとして大変なものは大変だった。ノエインもそのことを気にしていたようで、アンナとエドガーがかえって恐縮してしまうほど謝られた。

アールクヴィスト領では今までになかった食料不足という状況も、これで一応は終わりを迎えたことになる。

「通常通りの体制に戻れば、私たち二人とも余裕ができる。だから、そろそろ仕事の量を抑えるようにしてくれよ。出産の予定時期も遠くないんだ。あまり無理は……」

随分と大きくなった妻の腹部に目を向けて、エドガーは言う。

「そこまで神経質になることないのよ？　皆《みんな》けっこう出産の直前まで動いてるものだから。マイさんもジーナさんもそうだったし、産気づく直前まで農作業をしていたっていう農民の女性も珍しくないわ。それに比べたら、事務仕事ばかりの私は全然平気よ」

心配性の夫を安心させるように、アンナは語った。

「……そうか。そういうものか」

「どちらにせよ、産休に備えてクリスティたちに引継ぎをするから、来週から少しずつ仕事を減らしていくことになるわ。安心して」

まだ少し心配そうな顔のエドガーに笑いかけ、アンナは自分の仕事に戻る。

・・・・

従士マイが責任者を務めるアールクヴィスト領婦人会は、王国の他の地域では見られない、この地に特有の組織。

その実態はアールクヴィスト領で暮らす女性たちの互助組織であり、出産や子育て、その他家庭生活における若い女性の悩みに関し、より上の世代の女性が助言や手助けを行っている。

また、新しく移住してきたばかりで不安を抱えている新領民の女性たちと、他の領民たちの交流の場を作るような活動も定期的に行ってきた。

難民としてこの地に流れ着き、本来なら家庭のことで頼れるはずの親や親戚のいない者が多いアールクヴィスト領では、この婦人会は女性たちの大きな支えとなっている。婦人会の助けが得られることから安心して子作りや子育てに臨む女性も多く、元より若い世代の多いアールクヴィスト領の人口は、赤ん坊の誕生によっても増加し続けている。

「――それじゃあ、今月の助産係の担当表はこれで。連絡をお願いするわね」

「分かりました、早速行ってきます」

婦人会は領主ノエインから活動予算を与えられている公的な組織であり、今では小さいながら事務所もある。

手伝いの領民女性が連絡業務のために事務所を出ていったのを見送って、仕事がひと段落したマイはふうっと息を吐き、椅子に座った。

アールクヴィスト領には妊婦が多い。近い時期に出産を控えた妊婦が常に何人もいる。赤ん坊は深夜だろうと早朝だろうと、生まれるときは生まれる。

本来そのようなときは親を頼るか産婆を呼ぶのが一般的だが、ここではそうもいかないので、助産経験者がいつでも駆けつけられるように備える。誰がいつ備えるか、そのシフトを作るのも婦人会の仕事となっている。

「マイさん、お疲れさまです」

「ありがとうジーナ」

マイにお茶を差し出してくれたのは、まだ赤ん坊の娘サーシャを背中におぶったジーナだった。

婦人会は責任者のマイと従士の妻であるジーナ、ミシェルを中心に運営されており、日中はこの三人のうち最低でも誰か一人は事務所に詰めておくようになっていた。

「ヤコフくんは本当にいい子ですねえ。うちのサーシャもあの子くらいお行儀よくてお上品に育ってほしいわぁ」

ジーナがそう言いながら目を向けたのは、部屋の隅で静かに絵を描いて遊んでいるマイの息子ヤコフだった。マイが出勤する日は、こうしてヤコフも事務所に連れてこられる。

今年で三歳になるヤコフは、母親のマイから見ても歳《とし》のわりにおとなしくて利発だった。一方でジーナの娘サーシャは、まだ赤ん坊なのでどのように育つかは未知数だ。

「大丈夫よ、ラドレーさんとあなたの娘ならきっといい子になるわ」

「だといいんですけど……とりあえず今のところは、あの人のちょっと大雑把な話し方をこの子が覚えてしまわないか心配で」

「ああ、それは確かに……そうね」

頬に手を添えて悩ましそうに言うジーナに、マイも苦笑しながら同意した。

ラドレーには悪いが、せっかく父親にあまり顔が似なかったサーシャだ。愛くるしい女の子が、ラドレーのようにぶっきらぼうな言葉遣いと態度で話すようになってしまうところは、マイもできれば見たくない。

仕事の休憩がてら、二人がそうやって雑談に花を咲かせていると、事務所の扉が開く。

入り口に立っていたのは、バートの妻ミシェルだった。

「ミシェル、今日は休みのはずじゃ……何かあったの？」

嬉しそうな、しかしどこか泣きそうな顔をしているミシェルが心配になってマイは尋ねる。

「……あの、さっきセルファース先生の診療所で、鑑定の魔道具で診てもらったんですけど」

目を潤ませながら、ミシェルはそう話し始める。

鑑定の魔道具は病院や診療所では一般的なもので、身体が平常かどうか、平常でないならどこにどのような異常があるかをある程度詳しく調べることができる。

「そしたら、私、妊娠してるって……バートさんとの赤ちゃん、妊娠してるって言われました……」

「ほ、ほんとに!? よかったじゃない!」

「最近ずっと頑張ってたものねぇ! おめでとう!」

ついにはぽろぽろと涙を零しながら、しかし笑顔で報告するミシェルに、マイもジーナも駆け寄って祝福の言葉をかける。

交際期間を経ず電撃的に結婚したこともあり、しばらくは甘い新婚生活を楽しんでいたミシェルとバートだが、昨年の後半からそろそろ子供を作ろうと話し合い、励んでいたという話はマイたちも聞いていた。

しかし、領主ノエインの陞爵《しょうしゃく》にともなって外務担当のバートの仕事も忙しくなり、月の半分ほどは家を空ける生活が続いていたためか、ミシェルはなかなか子供を授からないと悩んでいた。無事に懐妊したことが分かって、思わず涙するのも無理はなかった。

「それで、生まれるのはいつ頃になるの?」

「えっと、先月にはまだ鑑定で分からなくて、今月に分かって、だいたい妊娠三か月目から鑑定に引っかかるらしいので……順調にいけば秋頃になると思います」

「そう……よかったわね。バートも喜ぶでしょうね」

「は、はい。早くバートさんにも教えてあげたいです。ちょうど今は仕事で領外に行ってて、帰ってくるまであと二、三日かかると思いますけど……」

ミシェルはそう言って、少し寂しそうに苦笑する。

「あらぁ、それじゃあ今は家で一人なのね。もし心細かったり、不安になったりしたら、うちにご飯でも食べにいらっしゃい。何なら泊まっていって？」

「そうね、一人でいるより誰かと賑《にぎ》やかに過ごしていた方がお腹《なか》の子にもいいでしょうから。うちもいつでも大歓迎よ」

「ジーナさん、マイさんも、本当にありがとうございます。ぜひそうさせてください」

三人でミシェルの懐妊を喜び合っていたところで、ふとマイは開けっ放しの事務所入り口に人の気配を感じて振り返る。

そこにはいつの間にかマチルダが立っていた。ジーナとミシェルも彼女に気づき、そちらを見る。

「……いえ、私は懐妊報告ではありませんよ」

「ふふっ」

「言われなくても分かってるわよ。真顔で冗談言わないでよ」

いつもと変わらない無表情のまま言ったマチルダにジーナが小さく吹き出し、一方のマイは呆《あき》れ顔《がお》でそう返した。マチルダはノエインに人生を捧《ささ》げており、普人と獣人で子供はできないので、彼女が懐妊の報告に来ることはあり得ない。

「私の耳だと外まで話が聞こえていましたが、ミシェルさん、本当におめでとうございます……それと、こちらが本来の用件ですが、ノエイン様の署名済みの書類を届けに来ました」

そう言って書類を置き、早々に帰ろうとするマチルダをマイは呼び止める。

「ちょっと待ってマチルダ。せっかく来たんだから、お茶くらい飲んでいきなさいよ。私たちもこれからちょうど休憩の時間だったし、最近は顔を合わせることも少なくなっていたから、お茶話でもしましょう？」

「……ですが」

「何、ノエイン様から早く戻って来いって言われてるの？」

「いえ。逆に、事務所でマイと会うのなら少しゆっくりしてきていいと言われましたが」

「ならノエイン様のご厚意に甘えなさいよ。急いで帰らなくてもノエイン様は逃げないわ」

冗談めかしてマイが言うと、マチルダは少し悩む素振りを見せ、最後には頷いた。

「……では、お茶一杯だけ」

マチルダが答えているうちに、ジーナが彼女とミシェルの分もお茶を運んできて、そのまま四人で軽いお茶会に入る。

お茶話に花を咲かせるその様をヤコフがちらりと横目で見て、やれやれ、とでも言うような表情をしていたことを、誰も知らない。

・・・・・

アールクヴィスト準男爵家の御用商会であるスキナー商会。その店舗は、領都ノエイナの中では領主家の屋敷に次ぐ大きさを誇る。

領都でも数少ない二階建ての建物であり、一階には領民向けの小売スペースと、馬車ごと乗り入れられる大きな倉庫を。二階には商会長フィリップの執務室や従業員たちの事務室、重要な来客に対応するための応接室などを備えている。

春のある日。フィリップの執務室を、ラドフスキー商会のドミトリが訪れた。

「よう、邪魔するぜ」

「どうも、ドミトリさん」

気安い口調で入室したドミトリに、フィリップもまた気安く応じてくる。年齢は二回り近く離れている二人だが、どちらもアールクヴィスト領の有力商会の長ということもあり、仕事上の付き合いも長いため、今さら互いに遠慮はない。

室内にはこの部屋の主であるフィリップ以外に、アレッサンドリ魔道具工房のダフネもいた。適当な椅子に腰かけてお茶のカップを手にしている彼女は、どうやらフィリップと茶飲み話をして時間を潰していたようだった。

「なんだ、ダフネももう来てたのか」

「ええ。領主家に『爆炎矢』の納品を済ませてしまったから、今は少し暇なの。会合までに急いで片付けないといけない仕事もなかったから、早めに遊びに来たのよ」

「遊びにって……一応ここ、私の仕事場ですよ」

フィリップがやんわりと主張するが、それはダフネに軽く流される。

「ははは、そうかよ……にしても、やけに香の匂いがきつくねえか？　いつものことだが、今日は一段ときついぞ」

ドミトリはそう言いながら、小さく鼻を鳴らした。

「そうですか？」

「私もそう思うわ。新しい香を買って自慢したい気持ちも分かるけど、少し焚《た》きすぎじゃない？」

香は贅沢品《ぜいたくひん》であり、それを部屋で焚くことは自身の裕福さを示す意味もある。やや見栄っ張りなきらいのあるフィリップは、いつもこうして部屋に香の匂いを漂わせている。

「まあ、お前の部屋だからお前の勝手だけどよ……とりあえずこれ、今のうちに渡しとくぜ。来月分の注文だ。つっても、内容はいつもとそう変わらねえがな」

「ありがとうございます。いつもご丁寧に商会長さん自ら、ご苦労様です」

「いいってことよ。これも商会長同士の付き合いだ」

アールクヴィスト領では木材はいくらでも手に入り、北のレスティオ山地からは石材や鉄も豊富に得られるが、それでも建設作業のために領外から買わなければならないものもある。なので、ドミトリはいつもスキナー商会に必要なものを取り寄せてもらっていた。

「それと、これは俺の個人的な注文だ。まあ、ほとんど酒だな」

「これはこれは……また高いものばかりですね。高級酒はかさばらないわりに儲《もう》けられるので、うちとしてもありがたいですが、飲みすぎで身体を壊したりしないでくださいよ？　もう若くないんですから」

「心配すんな、こちとら何十年も飲んで身体が慣れてるからな」

酒の銘柄と本数が記された注文書を、フィリップは苦笑しながら受け取る。

領内の建築を一手に引き受けるラドフスキー商会は常に儲かっており、商会長のドミトリも当然ながら羽振りがいい。スキナー商会にとって、ドミトリは領内の上客の一人だった。

「ところで、ギルドの会合は午後三時からだったよな？」

「ええ。いつも通り、うちの倉庫に集合ということになっていますよ」

発展著しいアールクヴィスト領は人口規模に比して商工業が盛んで、領都ノエイナの中心部には商店や工房、酒場、宿屋などが並んでいる。それらの経営者が互いに協力し、利害が衝突するようであればそれを調整するための場として、昨年の後半にはギルドも設立された。

今日はそのギルドの、月に一度の会合の日だった。

「そのわりには、ヴィクターさんが遅くねえか？　もう会合の半時間前だ。いつもならとっくに来てる頃合いじゃねえか」

バルムホルト商会のヴィクターも当然ギルドの一員であり、鉱山村に住んでいる彼は、会合の日は遅くとも一時間前にスキナー商会に到着している。

「来てますよ。ほらそこに」

フィリップが指さした方を振り返ったドミトリは、ぎょっとした表情になる。

「うおおっ！」

「ははは、どうもこんにちは」

執務室の後方、ドミトリから死角になる位置。そこにヴィクターはいた。ドワーフらしい野性的な見た目とは裏腹に紳士である彼は、椅子に姿勢よく座っていた。

「ヴィクターさん、あんた最初からそこにいたのか……？」

「はい。驚かせてしまって申し訳ない」

驚くドミトリと苦笑するヴィクターを前に、ダフネとフィリップは顔を見合わせる。

「だから言ったでしょう？　香を焚きすぎよ。犬人で嗅覚に優れるドミトリさんが、同じ部屋にいるヴィクターさんに気づかないって、相当よ？」

「……もう少し控えめに焚くようにします」

ダフネの指摘に、フィリップもそう答えて素直に従う姿勢を示した。

・・・・・

「……ふむ、この調子であればもう大丈夫でしょう。あと数日もすれば動いて問題ないはずです」

領都ノエイナの一角にある、ミレオン聖教の教会。その一室で患者を診た医師セルファースが、穏やかな口調で言う。

患者はロードベルク王国南西部から流れ着いた新移民で、路銀の乏しい放浪の旅でひどく弱っていたために一旦教会で引き取られ、面倒を見られていた。

先の大戦の影響もあってか、アールクヴィスト領の噂《うわさ》を聞きつけて移住しようとする者の中には、以前にも増して困窮している者が目立つようになった。無理な長旅で怪我《けが》や病気を抱えた状態となって流れ着く者も珍しくなく、そうした者は教会で日々の世話をされ、医師の診察を受けることになっている。治療費に関しては、領主ノエインが負担している。

その仕事の一環としてこの日も診察を終えたセルファースは、しきりに恐縮して礼を言う患者に見送られ、部屋を出る。

「お疲れさまでした、セルファース先生」

部屋の外で待っていたハセル司祭の労《ねぎら》いの言葉に、セルファースは静かに頭を下げる。

「これもまた医師の務めです。ハセル司祭こそ、いつも本当にご苦労さまです」

「いえ。私こそ、神に仕える者として当然の務めを果たしているまでです……リリスさんも、今日もありがとうございました。セルファース先生の助手が板についてきましたね」

診察の手伝いを担っていたリリスは、ハセル司祭に言われて少し照れた様子で笑う。

「そんな、まだまだ勉強中の身です」

「彼女は本当に優秀で、学ぶ意欲もあり、私としても自慢の弟子です。彼女のような医師見習いが日々成長を続けているのであれば、今後のアールクヴィスト領の医療も安心でしょう」

まるで孫を見る祖父のような優しい目で、セルファースは言った。

リリスが医師の道を志し、セルファースの弟子となっておよそ一年半。彼女はセルファースの予想を上回る速さで成長を続けており、今では簡単な手当て程度であればセルファースの指導なしに務められるほどだった。

「それは頼もしい話ですね。あなたが医師の道に進むことを応援されたアールクヴィスト閣下もお喜びになるでしょう……今度閣下にお会いした際は、私からも伝えておきます」

「でも、ノエイン様のお耳に入れるほどの活躍は、私まだ……」

ひどく遠慮した様子のリリスの肩に、セルファースがそっと手を置く。

「リリス。これはあなたが受けるべき正当な評価ですよ。その評価に自分の心がまだついていけないと考えるのであれば、一層の努力を重ねればいいのです。あなたならば、このまま歩んでいけば大丈夫です」

「……分かりました。いただく評価や期待に応えられるように、引き続き頑張ります」

一昨年までと比べれば見違えるほど大人らしく落ち着いた表情で、リリスは答えた。

・・・・

「ザドレク。農耕馬の回収に来ただ」

領主家所有の農地を訪れて言ったのは、従士ヘンリクだった。

ヘンリクの仕事の担当は、馬に関する全般。領主家の所有する馬は軍馬から荷馬、農耕馬まで全て面倒を見ており、領主ノエインが出かける際は馬車の御者も務める。

今は、領主家の農地を耕すために使われていた農耕馬を連れ帰るため、農地を訪れていた。

「お疲れさまです、ヘンリクさん。すぐに連れてきます」

対応するのは、領主家の所有する農奴の頭である虎人のザドレク。彼の指示で、先ほどまで犂《すき》を牽《ひ》いていた農耕馬が連れてこられる。

「よし、ありがとうな。確かに預かったでよ……今年もまた、ジャガイモを植える季節が来ただでなぁ」

「ええ。昨年の大戦の後に移住してきた獣人たちもこの地での農作業に慣れたことですし、アールクヴィスト領が拓《ひら》かれてから最大の収穫が期待できる年になるはずです」

「あはは、そうだなぁ。つっても、毎年そうだけどな」

アールクヴィスト領は停滞や衰退を知らない。去年より今年が、今年より来年が、発展しているのが当たり前の地。農業を自身の仕事とするザドレクや、農耕馬の管理と領主家の作物の運搬などで農業に関わる機会も多いヘンリクは、その事実を常に肌で感じている。

「それじゃあ、隣の区画の作付け準備をするときにまた農耕馬を連れてくるでよ」

「はい。よろしくお願いします」

温厚な農耕馬の手綱を引いて領主家の屋敷へと帰っていくヘンリクを見送り、ザドレクは農地に向き直る。農作業に励んでいる虎人の女性——昨年結婚した妻と目が合うと、彼女は微笑《ほほえ》んで手を振ってきた。

それに軽く手を振り返し、ザドレクは小さく息を吐く。

奴隷身分に落ちたときの絶望が嘘《うそ》のような、穏やかで幸福な日々。本来は望むべくもなかった生活。ザドレクはそれに心から満足していた。

・・・・・

「それじゃあ今日は解散だ。各自ゆっくり休めよ」

「「はっ！」」

領都ノエイナ内の巡回を終え、領軍詰所に戻ったペンスが言うと、今日の巡回任務の当番だった領軍兵士たちが敬礼してその場を立ち去る。

「ご苦労だった、ペンス」

そこへ、後ろから声がかけられる。ペンスが振り返ると、訓練場の方から従士長で領軍隊長のユーリが歩いてきていた。

「従士長。傀儡《くぐつ》魔法使いたちの鍛錬の監督ですか？」

「ああ。ちょうど終わって詰所に戻るところだ」

ペンスも報告書を書く仕事が残っているので、ユーリと並んで歩きながら詰所に戻る。

「どうですか、あいつらの調子は？」

「そうだな……やはり少し気負いすぎだ。あの調子だと、監督する者がいなかったらまた魔力切れで気絶する奴が出るだろうな」

極めて真剣に訓練に取り組んでいる七人の傀儡魔法使いだが、彼らは今まで鍛錬らしい鍛錬を積んだ経験がなく、努力の仕方を知らない。疲労が溜《た》まるほどに習熟の効率も悪くなり、それでも上達を焦る気持ちからか無理をして魔法を行使し続け、遂《つい》には倒れる……という者が、最初の頃は続出していた。

それを問題視したノエインに頼まれて、ユーリ、ペンス、ダントあたりが定期的に彼らの鍛錬の様子を見るようにしている。時にはノエイン自身も、彼らの様子を見に訪れている。

「そうですか。まあ、あいつらの気持ちは分かりますけどね」

今のところ、傀儡魔法使いたちは毎日朝から晩まで鍛錬ばかりを行い、それでも給金はノエインが事前に提示した通りの額を受け取っている。それが彼らは後ろめたいらしく、無理をしてまで頑張ろうとする原因のひとつになっている。

「あれだけ成果を見せ始めているんだ。焦る必要はないと思うがな」

「同感でさぁ。あいつらは良くやってますよ」

ノエインの仮説は正しかったようで、傀儡魔法使いたちは少しずつゴーレム操作のコツを掴み始めているらしかった。ペンスたちの目から見ても、彼らのゴーレムの動きは段々と良くなっている。

「それで、領都内の治安の方はどうだ？」

「分かるでしょう。何の懸念もないですよ。たまに普人と獣人の喧嘩《けんか》がある程度ですが、大抵はエドガーやケノーゼ、マイあたりが間に入って解決してます。俺たち領軍の出る幕もありません」

ユーリの問いかけに、ペンスは苦笑交じりに答える。

「そうか……まあ、これが本来のアールクヴィスト領の形だろうな」

「ですね。去年が色々ありすぎたんでさぁ」

遠い国境での大戦。領内ではオークの群れの出現。それらの後は大量の移民の受け入れに、領主による王都での式典や社交。王暦二一四年は記憶に残る出来事が多かった。

そんな激動の年よりも、何事もなく日々が過ぎていく今の平和こそが、本来のアールクヴィスト領らしいものだと言える。

領主ノエインはこのような平和をこそ望んでおり、ペンスたち従士も、こうして安住の地を見つけた今となっては平和の方が望ましい。

「こんな平和がいつまでも続いてくれるといいんですけどね……」

「俺もそう願っているが、こればかりは先にならないと分からないからな。何が起こっても大丈夫なように備えておくべきだろう」

「ははは、もちろんでさぁ」

それが、軍人として領主ノエインに仕える自分たちの務めであり、存在意義だ。ペンスはそう思いながら、この地を脅威から守る拠点である領軍詰所に入った。

・・・・・

「それでロゼッタ！　どうなのそろそろ、子供とかっ！」

「メアリー、そういうことを直接的に聞かないの」

厨房《ちゅうぼう》でのお茶休憩中。一切の遠慮なく尋ねたメアリーの頭を、キンバリーがぺしっと叩《たた》く。

一方の尋ねられたロゼッタは、少し顔を赤くして頬に手を当てた。

「一年間は新婚生活を楽しむつもりで、子供は考えてなかったんですけど～。そろそろ考えてもいいかな～とは思ってます～」

ロゼッタの言葉を聞いたメアリーは、たった今キンバリーに叱られたことを気にする様子もなく興味深げに頷く。

「ほうほうっ！　それじゃあ、今はまさに励んでる真っ最中って感じかしらっ？」

「だからメアリー。聞き方に品がないわよ。あなたそれでも領主家にお仕えするメイドなの？」

言いながらも、キンバリーはどこか諦めたような表情をしていた。その後もメアリーが尋ね、ロゼッタが照れながら答え、キンバリーが呆れる、という会話の流れがくり広げられる。

「ちなみに、二人は結婚は考えてないんですか～？　誰かいい相手は～？」

逆にロゼッタが尋ねると、二人は顔を見合わせた。

「……私はいないわ。結婚にも恋愛にも興味はないし、今は仕事が最優先よ」

キンバリーの答えに、メアリーがぎょっとした表情で返した。

「ええっ？　そんなのつまんないわっ！」

「それじゃあ、そういうあなたは結婚を考えている相手でもいるの？……あなた、毎月のように気になる異性が変わってるみたいだけど」

キンバリーはむっとした顔をメアリーに向ける。メアリーが恋多き乙女で、同年代の領民男性のことが気になるとはしゃいでは、数か月と経《た》たずに別の男性のことが気になるとまたはしゃいでいるのは、友人の間ではお馴染《なじ》みの光景となっている。

「もちろんっ！　今度こそ本気の恋よっ！」

「相手は誰ですか～？」

「アールクヴィスト領に移住してきた傀儡魔法使いの人たちの、あの……ほら、いちばん背の高いかっこいい人っ！　あの人が今は好きっ！」

「名前くらい憶えてあげなさいよ……」

堂々と胸を張りながら宣言するメアリーに、キンバリーがため息交じりに返す。

「一緒にご飯に行ったりしたいけど、私が誘っていいものかしらっ」

「あら、そういうところは意外と奥手なのね」

「喜ばれると思いますよ～。ペンスさんが傀儡魔法使いの皆さんの鍛錬でときどき監督役を務めてるんですけど、皆さん凄く頑張ってるらしいです～。ご飯に誘われたら良い息抜きにもなるでしょうし、メアリーは可愛いですから～」

ロゼッタが背中を押す言葉を語ると、メアリーは喜ぶような戸惑うような、そわそわとした様子になる。

「そ、そうかしらっ！　じゃあ、本当に誘っちゃおうかしらっ！」

「誘っちゃいましょう～。頑張ってください～」

「まあ、本気でお近づきになりたいのなら応援するわよ」

そんな話をしながら、三人のお茶休憩の時間は過ぎていく。

・・・・・

春のある日。バートは外務担当の従士として、ケーニッツ子爵家の屋敷を訪れていた。二台の荷馬車と、護衛役にアールクヴィスト領軍兵士が五人という大所帯で。

馬車に積まれているのは、分解した状態のバリスタだった。

「今日はご苦労。これほど早く届くとは思っていなかったぞ」

「ケーニッツ子爵閣下は、私の主《あるじ》の義父であらせられます。他の方々に先駆けて納品させていただくのは当然のことであると、主は仰っていました」

屋敷の倉庫に馬車ごと通されたバートは、間もなくやってきたアルノルドの言葉にそう返す。

名だたる貴族家がアールクヴィスト準男爵家より納品されるのを待っているこのバリスタだが、領主ノエインの妻の実家であるケーニッツ子爵家には、王家と並ぶ優先度でこうして届けられた。

「それでは閣下、積み荷のご確認をお願いいたします。実際に組み立ててご覧に入れますので」

バートが言うと、馬車の荷台からバリスタの部品が降ろされ、兵士たちによって手早く組み立てられていく。

今回納品されるバリスタは二台。うち一台は実際にケーニッツ子爵領軍で領都警備や兵士たちの訓練に用いられ、もう一台は複製のために分解され、解析されるという。

「……ふむ。心配はしていなかったが、仕上がりに問題もないようだな」

組み立ての終わったバリスタを、矢を装塡せず発射の動作をするところまで確認してから、アルノルドが口を開く。

「確かに、バリスタ二台を受け取った。代金はすぐに持ってこさせよう」

「かしこまりました。閣下ご自身によるご確認、ありがとうございました」

確認を終えて去ろうとしたアルノルドは、何か思い出したように立ち止まって振り返る。

「……ああ、それともうひとつ。ノエインに言伝《ことづて》を頼みたい」

「はっ、何でしょうか？」

バートは隙のない笑みを浮かべながら問いかける。

「フレデリック――うちの嫡男から、王国軍を退役してもう間もなくレトヴィクに帰ってくると書簡が届いた。ノエインにとっては戦友であり、クラーラにとっては兄だからな。そのうち会いに来てやってほしいと伝えてくれ」

ノエインがランセル王国との戦争でケーニッツ子爵家の嫡男と戦友になり、その嫡男が今年には王国軍を退役してケーニッツ子爵領に戻るという話は、バートもノエインから聞いていた。

「お任せください。間違いなくお伝えいたします」

「頼むぞ。それではな」

今度こそ去っていくアルノルドを一礼して見送りながら、バートはノエインへの伝言という新たな仕事を頭の中にしっかりと留《とど》める。

その後は代金の受け取りを手早く済ませ、護衛役の領軍兵士たちと共に子爵家の屋敷を出る。休憩を兼ねた短い自由時間を利用して妻ミシェルの実家の料理屋に顔を出し、再び兵士たちと合流してアールクヴィスト領への帰路につく。

馬車の御者台に座って青空を眺めながら、バートは小さく笑みを零す。

家に帰れば、愛する妻と、そのお腹の中の我が子が自分を待っている。

・・・・

「ふあぁ～」

「ちょっとダミアンさん、食事中にお行儀が悪いですよ」

ある日の朝。使用人や住み込みの従士用の食堂で、新人メイドから受け取った朝食をとりながら大あくびをしたダミアンに、クリスティがそう注意する。

「ん～、ごめん」

謝りながらも、ダミアンは未《いま》だ半分寝ぼけているような顔をしている。

ちなみに、もう半分の頭で考えているのは目の前の朝食のことではなく、仕事のこと。それは彼が先ほどから手元も見ずにスープを掬《すく》おうとして、何も掬えていないのに口元まで匙《さじ》を持っていく動作から明らかだった。

仕事中毒の度合いで言えば自分も大概だが、ダミアンはさらにひどい。クリスティは呆れを覚えながらも、またダミアンに声をかける。

「ほらダミアンさん、また食事の手が止まってます。今はちゃんと手元を見て、朝ご飯を食べ進めてください。早く食べてしまわないと工房に行くのも遅くなるし、メイドの皆さんを困らせちゃうんですから。工房に行けばいくらでも仕事のことを考えられるでしょう？」

「は～い。分かってるけど、いい考えが思い浮かびそうなときは、やっぱり意識がそっちに集中しちゃってさぁ」

屋敷に住み込みの従士は現在ダミアンとクリスティだけであり、朝食と夕食は大抵この二人で食べることになる。もたもたしているダミアンをクリスティが注意するのは、よくある光景だった。

私は彼の母親か何かか、とクリスティがため息交じりに思うのも、いつものことだった。

それからまもなく。クリスティに急《せ》かされながらダミアンが朝食をとり終える頃に、料理担当のロゼッタが二人のもとにやってくる。

「ダミアンさん、今日のお弁当です～」

「どうも～ロゼッタ」

小さな包みを手渡しながらにこやかに言うロゼッタに、ダミアンの方もへらへらと笑いながら答える。

ダミアンは工房で仕事を始めるとそのまま夜まで屋敷に帰らない（夜になっても帰ろうとせず、

部下の職人たちに屋敷まで連行されることもある）ので、昼食はこうして弁当を持たされる。

「クリスティさんも、どうぞ～」

「ありがとうございます、ロゼッタさん」

続けてクリスティも弁当の包みを受け取る様を見て、ダミアンはぽけっとした顔で口を開く。

「そっか、今日はクリスティも工房に来る日か」

「……そうですよ。というか、昨日の夕食のときにも言いましたよね？　明日は私も一緒に出勤しますって」

がっくりと肩を落としながら、クリスティは答えた。

「あはは、悪い悪い。それじゃあ行こう。仕事が俺たちを待ってる！」

悪いと言いながら悪びれた様子もなく、ダミアンは立ち上がって食堂を出ていく。当たり前のように弁当を忘れていっているので、それも合わせて二つの弁当を両手に持ちながら、クリスティはまたため息を吐いて後に続いた。

裏口から屋敷を出て、領都ノエイナの南西、市街地の外れにある鍛冶工房へ。二人が出勤したときには、何人かの職人や労働者、奴隷たちが既に仕事の準備を始めていた。

「親方、おはようございます！」

「はーいおはよう！」

皆から威勢よく挨拶され、ダミアンも元気よく挨拶する。

その後ろに続くクリスティにも、挨拶の言葉がかけられる。

「おはようございます工房長！」

「朝早くからご苦労さまです、工房長！」

「工房長！　今日もよろしくお願いします！」

「……はい、皆さんよろしくお願いします」

苦笑いを浮かべながら、クリスティは返した。

この工房の責任者は名目上ダミアンだが、彼は鍛冶職人としては極めて有能でも、これだけの施設を運営する管理職としての能力は皆無。なのでクリスティが事務をはじめとした管理業務を一手に引き受けているが、そんな彼女を従業員たちはいつしか「工房長」と呼ぶようになった。

親しみや敬意を込められた呼び方だとは理解しているが、クリスティとしては何とも複雑な気分になる。

工房に入った二人は、そこで分かれる。ダミアンは作業場へ。クリスティは事務室へ。

「さあ皆！　今日もばりばり仕事していこう！　王家に納品する分のクロスボウ、今月中に作り終えるよー！」

「「「おうっ！」」」

ダミアンが皆を鼓舞する声が、事務室にも響いてくる。

「……仕事してるときはけっこうかっこいいのになぁ」

クリスティの呟《つぶや》きを、ダミアンは知る由もない。

・・・・

「――一応、このあたりはそれらしく仕上がってきた。今工事が進んでいるあのあたりまで、今月中に仕上がる予定だ」

春の後半。ユーリがそう言って指差したのは、石壁の建設現場だった。

場所は領都ノエイナの外。市街地を囲む木柵に沿うように、何十人もの労働者によって石壁の建設工事が今まさに進められている。

「そっか、予定よりも早いみたいだね」

「ああ。労働者たちが思っていたより多く集まっているし、働きもいいからな」

ユーリの説明を受けながら、ノエインは満足げに頷く。

「この調子なら、計画通りの都市が完成する日もそう遠くないか」

これまで領都ノエイナの市街地は、木柵で囲まれているだけだった。ここに、ノエインは恒久的な境界線かつ防御設備として石壁を建設することを決意した。

石壁が囲むのは現在の市域だけではない。今後さらに開拓を進め、市域に取り込むであろう範囲――例えば領都の南西方向に流れる川、その川沿いに並ぶ鍛冶工房や水車小屋、公衆浴場なども、全て石壁の中に収めるつもりでいる。

現在の人口増加のペースも考慮し、最終的には三千人から四千人が暮らす立派な都市をここに築く。それがノエインの、壮大で、しかし現実的に達成し得る計画だった。

アールクヴィスト領始まって以来の大規模で、かつ重要な計画であり、石壁の建設となれば領都の防衛にも関わることなので、総指揮は従士長であるユーリが直々にとっている。彼の指揮のもと、建設の実務はラドフスキー商会のドミトリが、石材をはじめとした材料の調達はバルムホルト商会のヴィクターやスキナー商会のフィリップが、予算管理はアンナが、それぞれ務めている。

「……ここまで四年か。この地の開拓も、随分と進んだね」

「俺たちがノエイン様に迎えられた頃は、まだ平地と小さな農地、それにテントがあるだけだったのにな。たった四年でここまで発展するとは、正直予想していなかった」

「あはは、一番驚いてるのは、きっと僕自身だよ……こんなの、夢にも思ってなかった」

ノエインは微笑を浮かべながら、周りを見回す。

後ろには、麦やジャガイモが豊かに育った広大な農地。目の前には、領民たちの熱気に包まれる新たな石壁の建設現場。その向こうに広がるのは、皆が日々の生活を送る市街地。

これほどの理想郷を、幸福に包まれた地を、これほど早く築くことができるとは。ノエインにとっても予想外のことだった。

この地がこれから、さらに完璧な理想郷へと発展していく。それを想像するだけで、ノエインはたまらなく幸福だった。

「それじゃあ、引き続きよろしく。頼りにしてるよ、従士長」

「……ああ、任せてくれ」

小さく笑って答えたユーリに見送られ、ノエインはマチルダと共に領都ノエイナの中に戻る。

屋敷へと続く通りを歩いていると、行き交う領民たちから自然と声がかかる。愛する領民たちに挨拶を返しながら、築き上げた理想郷の街並みの中を行く。

間もなく、領主家の屋敷に――ノエインの愛する我が家に辿《たど》り着く。

「あら。お帰りなさいませ、あなた」

屋敷の敷地に入ったノエインに声をかけたのは、妻のクラーラだった。前庭の花壇の手入れについてメイドたちと何か話していたらしい彼女は、帰宅したノエインのもとに歩み寄ってきた。

「ただいま、クラーラ」

「私もちょうど、屋敷の中に戻るところでしたの。一緒に行きましょう」

そう言って、クラーラは自然とノエインの左隣に立ち、ノエインの手を握った。

ノエインは傍ら、自身の右隣に立つマチルダに手を伸ばす。マチルダも自然と手を差し出し、ノエインは彼女とも手を握る。

愛する二人の女性と手を繋ぎながら、ノエインは屋敷の中に向かう。

そして屋敷に入る前に、後ろを振り返った。

屋敷の敷地の向こう、広がる領都ノエイナの街並みを見渡した。

十五歳のノエインがこの地に足を踏み入れた時、ここには深い森だけが広がっていた。ノエインの隣には、マチルダただ一人がいた。

だが、今は違う。ここには社会があり、民がいる。ノエインを支えてくれる臣下たちがいる。帰るべき家があり、愛し合う妻クラーラがいる。そして今も、ノエインの隣には変わらずマチルダがいる。

ここには幸福がある。今、ノエインの人生は幸福に満ちている。

この先どのような出来事が待っているかは分からない。波乱が巻き起こるかもしれない。苦難が立ちはだかるかもしれない。

それでも、ここでなら。この理想郷でなら。共に生きる臣下や領民たちと共になら。きっとどんなことも乗り越えられる。全て乗り越えて、幸福を守り抜くことができる。

ノエインはこれからも、この幸福の中で生きていく。

視線を戻すと、先に屋敷の中に入っていたクラーラと目が合い、彼女と微笑みを交わした。そして横を向くと、扉の傍《そば》に立つマチルダと目が合った。初めて自分を愛してくれたマチルダと、共にこの幸福を作り上げてきた彼女と、ノエインは微笑み合った。

溢れるほどの幸福に包まれながら、ノエインはこの先の幸福な人生への第一歩を踏み出した。

エピローグ　幸福譚

アールクヴィスト大公国は、ロードベルク王国の北西に位置する小さな国だ。元はロードベルク王国の一貴族領としてベゼル大森林の中に興され、様々な出来事を経て、今は独立国としてこの地に存在している。

人口僅か数万の小国ではあるが、その存在は単なるロードベルク王国の衛星国にはとどまらない。西のランセル王国と、そしてレスティオ山地を越えた先にある大陸北部とを繋《つな》ぐ交易国家として自立し、繁栄している。

そんな大公国の建国から、百年の節目を迎えた秋のある日。マチルダ・アールクヴィストは浮かない表情で大公家の屋敷の自室にいた。

マチルダは今、十九歳。建国の父ノエイン・アールクヴィストの再来とも呼ばれる才人で、大公家の歴史において大きな意味を持つ「マチルダ」の名を継いだ初めての人間で、そして来週には、大公国の歴史において初めての女性君主となる。

建国当初から、それ以前の貴族領時代から発展を謳歌《おうか》し続けるアールクヴィスト大公国の頂点に、若くして立つ。それにふさわしいと誰からも見られている。そのことに、しかしマチルダ自身は重圧を感じていた。

本来は、これほど早く大公の位を継ぐ予定ではなかった。マチルダ自身にも、そのようなつもりはなかった。

しかし、元々あまり身体《からだ》の強くなかった父が重い肺炎を患ったことをきっかけに君主であり続けることを断念し、四十歳を前にして隠居することになったため、継嗣で才覚も申し分ないと見られたマチルダは、予定より十年以上も早く家督を継ぐことになったのだ。

公暦百年を迎えたことを祝う、先日の式典。そこで民に向けて言葉を語ることを最後の晴れの場とし、父は隠居を決めた。

それはいい。マチルダも父に寿命を削ってまで無理はしてほしくない。この式典を終えたら自分が家督を継ぐと、マチルダ自身も昨年には決意し、周囲にそれでいいと言った。

しかし、いざ自身が次代のアールクヴィスト大公となる日がいよいよ迫ってくると、やはり心が重くなる。

豊かで平和なアールクヴィスト大公国。建国の父ノエインが、この地に暮らす全ての者のために、その子孫たる自分たちのために築いた理想郷。それを守り抜いていくという重大な使命を一身に背負うのは、十九歳の小娘にとってはひどく恐ろしいことに感じられた。

ノエイン・アールクヴィスト。無尽蔵の愛で一族を、臣下を、民を包み込んだ、今もなおその愛で大公国を守り続ける、偉大なる建国の父。大公国の誰もが心から敬愛する、まさに現人神《あらひとがみ》に等しい偉人。

多少賢いことを理由に彼の再来などともてはやされる自分は、果たして彼のような偉大な君主となれるのだろうか。いや、なれないだろう。とても自分がそんな器だとは思えない。自分は現人神ではない。ただの弱い人間だ。

だからこそ、マチルダは怖かった。この段になっても覚悟が決まらず、しかしそのことを誰にも言えずにいた。

「マチルダ、いるか?」

自室の窓から公都ノエイナの街並みを眺め、陰鬱な気持ちを抱えていたマチルダを呼ぶ声がした。扉の向こうから聞こえるその声は、来週に大公の位を退く父のものだ。

「……はい、父上。どうぞ」

扉を開けて部屋に入ってきた父は、マチルダの顔を見て微苦笑する。

「最近、お前の顔が暗いと聞いてな。やはりその歳《とし》で大公の位を継ぐのは憂鬱か」

「……いえ、そのようなことはありません。光栄に思っていますし、偉大なるノエイン様のような為政者になろうと決意を固めています」

笑顔を作って言ったマチルダの言葉を、しかし父は丸ごと信じてはくれなかったらしい。マチルダの隣に座った父は、娘の頭を優しく撫《な》でる。

「お前にはまだまだ成長のための時間があったはずなのに、私の身体が弱いせいで可哀想《かわいそう》なことをしてしまうな……だが、お前が感じているその重圧も、これを読むことで少し楽になることを願っている」

そう言って父がテーブルの上に置いたのは、一冊の古びた書物だった。

いや、書物と呼べるものなのかも分からない。紙の束の端に穴を開けて紐《ひも》で束ね、表紙となる羊皮紙で挟んだだけの代物だった。

「父上、これは？」

「建国の父――ノエイン様が遺《のこ》された手記だ」

それを聞いたマチルダは目を見開いた。ノエイン・アールクヴィストについて記録した書物は、彼の妻で建国の母であるクラーラが記した伝記と、彼の功績について様々な証言をまとめたいくつかの資料集があるのみ。ノエイン自身が手記を綴《つづ》ったという話は、マチルダは一度も聞いたことがない。

マチルダの驚きを察したのか、父はさらに言葉を続ける。

「お前が知らなかったのも無理はない。これを読むことを許されているのは、アールクヴィスト大公の位を継ぐ者と、その配偶者となった者だけなのだからな。これの内容や存在を他言することは、ノエイン様の遺言によって固く禁じられている。たとえ大公の継嗣であっても、その者が位を継ぐことがまず間違いない段階になるまでは読ませないようにと、ノエイン様は念を押して語っておられたそうだ」

「……それは、一体どれほど重要なお話が書かれて……」

息を呑《の》むマチルダを見て、父は小さく吹き出した。

「ノエイン様がそのような遺言をなされたのは、これに重要な話が書いてあるからではない……いや、ある意味では他の何より重要な話かもしれないな。ノエイン様がごく一部の者にしかこれを読ませたがらないのは、これを読まれることを、ひどく気恥ずかしいと感じておられるからだ」

気恥ずかしい。重要な書物の話題でそんな言葉が出てきて、マチルダは思わず怪訝《けげん》な表情を父に向けた。

「とにかく、読めば分かる。お前なら数日もあれば余裕をもって読みきれるだろう」

父はもう一度マチルダの頭を撫で、部屋を去っていった。

父の奇妙な言動に首を傾《かし》げながら、マチルダは父が置いていったノエイン・アールクヴィストの手記を手に取る。

そしてページをめくり、読み始める。


それから二日半かけて、マチルダは建国の父ノエインの人生の回顧を、彼の心情がありのままに綴られた書物を読んだ。読み始めたらページをめくる手が止まらず、仕事と食事と入浴と睡眠以外の時間を全て使って読みふけり、父から書物を受け取った翌々日の午前には隅々まで読みきってしまった。

書物を閉じたマチルダは、呆然《ぼうぜん》とした表情でしばらく固まり、

「……あははっ」

そして、笑った。

手記に書かれていた内容は、確かにどんな国家機密より重要なものだった。同時に、ノエインが読まれるのを気恥ずかしいと感じている理由も分かった。

書物には、ノエインの日々の行いと共に、ひたすらに彼の赤裸々な感情が綴られていた。

今年の建国記念日にはこういう演説をしたが、どうだっただろうか。民からの敬愛を高めることはできただろうか。

この施策の結果はこうなった。臣下たちがそれに満足し、自分への一層の敬愛を感じていることを願う。

今日は子供たちにこういう言葉を語った。子供たちに自分の愛は伝わっただろうか。

街に視察に出て、こういう振る舞いをした。きっと良き為政者らしく見えたはずだ。これでまた民の敬愛を維持することができるだろう。

今日は珍しくこういう失敗をした。皆《みんな》に愛され続けるために、次はもっと気をつけなければ。

そんな話ばかりだった。呆《あき》れるほど、笑ってしまうほど、ノエインは周囲から自分が愛されることに、自分の愛が伝わっているかどうかにこだわり、気にしていた。

そうした感情の吐露と併せて彼の為政者としての施策を見ていくと、彼の治世への印象も変わってくる。

間違いなく、ノエイン・アールクヴィストは偉大な君主だった。建国の父だった。彼の施策はどれも家族や臣下や民を愛するが故のもので、実際にそれは家族や臣下や民の幸福に繋がっていた。その事実は変わらない。

しかし、その裏でノエインは、臣下や民から愛されることに懸命だった。ある意味で彼は、究極的に利己的で自己中心的だった。彼は愛されたかったのだ。自身の庇護《ひご》下にある家族に、臣下に、民に。

彼の行動は全て、そのためのものだった。何ともひねくれていて、性格が悪くて、それでいて何とも人間らしい。現世に降臨した神のように語られ、今もなお敬愛を集めるノエインもまた、聖人君子ではない一人の人間だったのだ。

読まれたくないはずだ。彼はこの心情を知られたら、皆からの愛が損なわれてしまうかもしれないと思うだろう。実際はそんなことはないであろうが。

そして同時に、彼はきっと誰かには知ってほしかったのだろう。自分が本当はどういう人間だったのかを。

ノエインは自身の心情を知ってもらう相手として、自身と同じ立場に立つ子孫たちを選んだ。その配偶者にもこれを読むことを許したのは、彼が二人の妻――クラーラとマチルダに生涯心を開き続けたからだろう。

「……」

マチルダは自室を出た。使用人に魔導自動車を出させ、一万人が生活を営む公都ノエイナの通りを抜け、公都の北西にある丘――大公家の一族が眠る墓所へと赴いた。

公都ノエイナを見渡せる、人工的な丘として造られたこの墓所。その頂上で、建国の父たるノエイン・アールクヴィストは悠久の眠りについている。安らかに眠りながら、自身の築いた大公国の中心たる公都を今も見守っている。

「……ノエイン様」

一人で墓所に入ったマチルダは、ノエインの墓標の前にしゃがみ、墓標にそっと手を触れ、建国の父に語りかける。

「あなたの手記を読みました。あなたは……偉大なあなたでも、この地を治める者として悩みながら、日々を送っていたのですね」

マチルダは微笑を浮かべる。数日前までどこか畏怖の念を抱いていた建国の父が、今はとても親しみやすい存在に思えた。

「私も不安を抱いています。恐れを感じています……ですが、それでもこの地の主《あるじ》として前に進んでいけるのだと、あなたの遺した言葉に教えていただきました。だから私も、あなたのように歩みます。あなたのように皆を愛し、この地を守り、そして次代に繋ぎます」

そう語りながら、マチルダはノエインの墓標と、その左隣に寄り添うように並ぶ建国の母――クラーラの墓標を見つめた。

マチルダは近いうちに夫を迎え、世継ぎを生《な》す。マチルダはノエインのような為政者を、そしてクラーラのような国母を目指す。

二人の墓標を前に静かに祈ったマチルダは、ノエインの墓標の右隣に佇《たたず》むように立てられた、マチルダの墓標を最後に向く。

彼女はノエインが世を去る少し前、ノエインとクラーラの願いを受けて奴隷身分から解放され、正式にノエインの妻となった。生涯をノエインの忠実な従者として、ノエインの一部として生きた彼女は、今はノエインの伴侶の一人として、ノエインの隣で眠っている。

彼女はマチルダの名前の由来となった。今から二十年前、マチルダの亡き祖父が大公国において奴隷制度を廃止し、全ての奴隷を解放する法を施行したことを記念し、祖父にとっての初孫にマチルダの名前が受け継がれた。

「マチルダ様」

マチルダは、自身の名前の由来となった兎人《うさぎびと》の女性の墓標に、力強い声で呼びかける。

「私はあなたの名前をいただきました。この名前と共に、あなたの意志も受け継がせていただきます。あなたが生涯をノエイン様に捧《ささ》げたように、私はこの生涯をアールクヴィスト大公国に捧げます……だからどうか」

見守っていてください。

そう語り、マチルダは立ち上がる。振り返り、公都ノエイナを見渡す。

ここは理想郷だ。建国の父が、ノエイン・アールクヴィストが築き上げ、彼の遺志を継ぐ一族が守り抜いてきた、幸福の園だ。

一歩踏み出しながら、マチルダは心に誓う。これからは自分が守るのだ。この地を。この地に受け継がれてきた理想を。歴史を。

この地に生きた彼らの時代から、連綿と続く物語——幸福譚《たん》を。

あとがき

この度は『ひねくれ領主の幸福譚《たん》5　性格が悪くても辺境開拓できますぅ！』を手にとっていただき、誠にありがとうございます。エノキスルメです。

まずは、大切なお知らせをしなければなりません。

本巻を最後までお読みくださった方はお分かりになったかと思いますが、書籍版『ひねくれ領主の幸福譚』はこの五巻で終了となります。ウェブ版からの読者の皆様はご存じの通り、本来のストーリーにはまだまだ続きがありますが、売上の面で力及ばずこのような結果となりました。

商業作品である以上、シリーズの継続は売上に左右されるのが必然であり、完走が叶《かな》わなかったことは偏《ひとえ》に著者である私の力不足に責任があります。ここまで本作を応援してくださった皆様のご期待にお応えすることができず、誠に申し訳ございません。

悔しい結果にはなりましたが、ここで終わるのであればできる限り良いかたちで終わらせようと思い、ウェブ版からは構成を大きく変えてお届けしました。ノエインと父マクシミリアンが再びの邂逅《かいこう》を果たす、この五巻で終わるからこそのカタルシスを表現したいと思い、精一杯努めました。

書籍版『ひねくれ領主の幸福譚』全五巻、少しでも皆様の記憶に残るシリーズになることができたのであれば、著者として至上の喜びです。

ウェブ版では第一五〇話あたりからが、五巻本編の続きとなっています。物語の展開や設定、登場人物のキャラ付けに多少の違いがありますが、よろしければお楽しみください。

本作は私にとって初の書籍化作品であり、個人的にも思い出深い作品となりました。このシリーズを通して多くを学び、たくさんの初めての経験をさせていただきました。

イラストを手がけてくださった高嶋《たかしま》しょあ先生。ノエインたちのキャラクターデザインを見たときは、涙が出るほど感動したのを覚えています。自分の小説の登場人物たちに初めて姿と表情がついたときの嬉《うれ》しさはこの先も一生忘れません。ノエインたちの物語を色鮮やかに、表情豊かに、躍動感たっぷりに描いてくださり、本当にありがとうございました。

コミカライズを手がけていただいている藤屋《ふじや》いずこ先生。私一人では作り得なかったノエインたちの物語を見せてくださり、ありがとうございます。今回もコミック単行本と同時に発売日を迎えることができて嬉しいです。書籍の方はここまでとなってしまいましたが、漫画の世界で活《い》き活《い》きと動くノエインたちを、原作者としても一読者としてもこれからも楽しみにしています。

小説投稿サイトに並ぶ膨大な作品の中から本作を見出《みいだ》してくださった、初代担当編集Y様。商業出版について一から教えていただいたおかげで、初めての書籍化で右も左も分からなかった私が無事に作家デビューし、今もこうして活動を続けられています。心から感謝しています。

そして、現在の担当編集O様。本作がかなう限り最良のかたちで完結を迎えることができたのは、O様にご尽力いただいたからこそです。ありがとうございます。これからもどうかよろしくお願いいたします。

デザイナー様。校正者様。本作が書籍となって世に出る上で関わってくださった全ての皆様。多くのプロフェッショナルの力をお借りしたからこそ、各巻が洗練された作品となりました。大変お世話になりました。

そして、読者の皆様。皆様に支えていただいたからこそ、私の初めての書籍化作品である『ひねくれ領主の幸福譚』はここまで続きました。皆様が作品を手に取ってくださった事実が、私が作家になった意義だと思っています。本当に、本当にありがとうございます。

さて、実はもうひとつお知らせがあります。こちらは嬉しいお知らせです。この『ひねくれ領主の幸福譚』でお世話になったオーバーラップ様より、新シリーズの刊行を予定しています。

タイトルは『フリードリヒの戦場』。孤児として育った青年が才覚を見出され、軍人として成り上がり、苦難や葛藤を乗り越えながら戦場を歩んでいく戦記譚です。予定では二〇二四年の夏頃の発売となっています。

まだまだ作家として活動を続け、もっと多くの物語をより多くの人に届けていきたいと思っています。皆様どうか、今後もエノキスルメの活動を見守っていただけますと僥倖《ぎょうこう》です。

作品のご感想、
ファンレターを
お待ちしています

あて先

〒141-0031　東京都品川区西五反田 8-1-5 五反田光和ビル4階
ライトノベル編集部
「エノキスルメ」先生係／「高嶋しょあ」先生係

スマホ、PCからWEBアンケートにご協力ください

アンケートにご協力いただいた方には、下記スペシャルコンテンツをプレゼントします。
★本書イラストの「無料壁紙」　★毎月10名様に抽選で「図書カード（1000円分）」

公式HPもしくは左記の二次元バーコードまたはURLよりアクセスしてください。
▶ **https://over-lap.co.jp/824008008**
※スマートフォンとPCからのアクセスにのみ対応しております。
※サイトへのアクセスや登録時に発生する通信費等はご負担ください。

オーバーラップノベルス公式HP ▶ **https://over-lap.co.jp/lnv/**

ひねくれ領主の幸福譚 5
性格が悪くても辺境開拓できますうぅ！

発行 2024年4月25日 初版第一刷発行
著者 エノキスルメ
イラスト 高嶋しょあ
発行者 永田勝治
発行所 株式会社オーバーラップ
〒141-0031
東京都品川区西五反田 8-1-5
校正・DTP 株式会社鷗来堂
印刷・製本 大日本印刷株式会社

ISBN 978-4-8240-0800-8 C0093

【オーバーラップ カスタマーサポート】
電話 03-6219-0850
受付時間 10時〜18時（土日祝日をのぞく）